현세귀환록

현세귀환록 1

초판 1쇄 인쇄일 2014년 12월 22일 | **초판 1쇄 발행일** 2014년 12월 26일

지은이 아르케 | **펴낸이** 곽중열 | **담당편집 팀장** 이범수
편집부 신연제 이윤아 김호성 김은경

펴낸곳 (주)조은세상 | **출판등록** 제 2002-23호
주소 경기도 연천군 미산면 청정로 1355
TEL 편집부 02)587-2966 | FAX 02)587-2922
e-mail bukdu@comics21c.co.kr

ⓒ아르케 2014
ISBN 979-11-5512-879-4 | ISBN 979-11-5512-878-7(set) | 값 8,000원

현세귀환록

現世歸還錄

아르케 현대 판타지 장편소설

NEO MODERN FANTASY STORY & ADVENTURE

①

북노두
(□)좋은세상

CONTENTS

NEO MODERN FANTASY STORY & ADVENTURE

現世
歸還錄

NEO MODERN FANTASY STORY & ADVENTURE

현세귀환록

프롤로그

2005년 초여름 금강산 비로봉 인근

꽈~가~강!

하늘에서 억수 같은 비가 내리고 있었고 종종 번개마저
번쩍거렸다. 번개에 이어 들려오는 천둥소리에 마치 하늘
이 무너져 내리는 것 같았다.

그때였다.

울창한 나무 숲 사이 직경 20미터 가량의 공터가 있었
는데 공터의 중앙 허공에서 칼로 자른 듯한 균열이 발생하
였다.

이윽고 공간이 찢어지며 터질 듯이 공간의 균열에서 바람이 튀어나갔고 주위의 나무들도 태풍을 맞은 듯 휘청거렸다.

어느샌가 남녀의 두 인영이 균열 앞에 나타났고 그 중 남자가 손을 휘둘러 균열을 지웠다.

중세시대에서나 볼만한 옷을 차려입은 두 남녀는 남자는 검은 머리와 검은 눈의 동양인으로 보였고 얼핏 보아도 180센티미터가 훌쩍 넘어 보이는 키에 중세 유럽 풍의 흰 셔츠 밑으로 탄탄한 근육이 비쳐 보였다.

마찬가지로 흑안 흑발의 여자는 약간 서구적인 느낌이 나는 동양인으로 170센티미터가 넘는 장신의 매우 아름다운 미녀였는데 몸을 감싸는 은색 로브를 입고 있음에도 불구하고 엄청난 볼륨감을 숨길 수가 없었다.

하지만 그들의 특이한 점은 옷차림이 아니었다. 그들의 온 몸은 전기가 통하고 있는 듯 번쩍번쩍 스파크가 튀면서 격렬하게 불타고 있었던 것이다.

"으윽. 마나 반발이 장난이 아닌데요? 전 차원의 마나랑 여기의 마나가 상성이 상당히 안 좋은가 봐요. 민."

민이라고 불린 남자가 잠시 사방을 둘러보다가 대답했다.

"일단 주위에 위험요소는 없는 것 같아. 유리엘. 우선 이 마나반발부터 해결하고 이 차원에 대해 알아보자고."

강민은 손을 들어 바닥을 슬쩍 내리쳤는데 소리도 없이 직경 5미터 정도의 바닥이 보이지 않을 만큼 엄청난 깊이의 깊은 구덩이가 파졌다. 마치 갑자기 그 공간이 지워진 듯 했다.

둘은 깃털이 내려앉는 듯 강민이 판 구덩이로 내려갔고 바닥에 도착하자 유리엘이 복잡한 수인을 맺었다.

유리엘이 수인과 함께 나지막이 읊조리자 둘 주위로 반투명의 둥근 막이 생겼다.

"이정도면 충분하겠어."

강민이 유리엘에게 말을 하며 다시금 손을 흔들자 깊은 구덩이가 다시 메워졌다.

투명한 막이 은은하게 빛나는 매립된 공간에서 강민과 유리엘은 눈을 감고 마주보며 가부좌를 틀고 앉아 내부로 침잠해 들어갔다.

그리고 10년이 흘렀다.

1장. 귀환

NEO MODERN FANTASY STORY & ADVENTURE

현세귀환록

NEO MODERN FANTASY STORY & ADVENTURE

現世歸還錄

1장. 귀환

2015년 초여름 금강산 비로봉 인근

동해바다 멀리 불타는 듯한 태양이 떠오르고 있었다.

금강산에 울창하게 우거진 숲 사이로 내리쬐는 그 빛은 신비로움을 넘어 어쩐지 경건하게 보이기도 하였다.

그 빛이 내리쬐는 한부분이 갑자기 꿈틀거리더니 굉음과 함께 터져나가며 두 명의 사람이 나타났다.

10년 전에 스스로 매몰되었던 강민과 유리엘이었다.

전과 같은 스파크는 없었는데 편안해 보이는 표정으로 민이 유리엘에게 말했다.

"유리엘, 어느 정도 회복된 것 같아? 여기 마나는 처음인데도 너무 익숙한 것 같아서 이상하게 예상했던 시간보다 훨씬 적게 든 것 같아."

"그렇죠? 민. 저도 이정도 마나반발을 볼 때 최소 20년 정도는 회복해야 간신히 신체정도만 재구성할 수 있을 거라 생각했는데 의외였어요."

"그러게 말이야. 마나 능력은 어느 정도 회복했어?"

"일단 마법은 예전 경지의 20% 가량 회복 했고, 무공도 30%나 회복해서 광검 정도는 쓸 수 있을 것 같아요. 예전의 경지에 비하면 25% 정도랄까요? 민은 어때요?"

"음…. 난 예전의 30%정도의 수준인가? 조금 시간이 걸리겠지만 무검까지도 가능할 것 같아. 아무래도 유리엘은 마법까지 신경 써야 하니 조금 더 걸리는 가봐."

강민은 손을 쥐락펴락하면서 유리엘에게 이야기를 했고 그녀도 신체의 마나를 돌리며 몸상태를 점검하며 강민에게 대답했다.

"그러게요. 그래도 이 정도 시간만에 이 정도로 무위를 회복한 거면 예상보다 훨씬 빠른 거죠. 그리고 민이나 나나 몇 년 지나면 금방 예전 경지를 회복할 테니까요. 이 세계의 무력수준을 알아보고 수련이 필요한지 여부를 판단하죠. 뭐 여태까지 경험을 봤을 때는 이 정도 수준으로도 어려운 일을 겪으리란 생각은 안 들지만 말이에요. 호호호."

"이번이 몇 번째였지?"

"정확하게 1983번째 이동이에요."

"참 고향 한 번 찾아가기가 힘드네. 뭐 무수하게 많다는 차원 속에서 랜덤하게 찾아가는 거니 아직은 초반이라고 할 수 있으려나?"

"뭐 마찬가지로 끝나지 않을 시간이 있는걸요. 언젠가는 찾아지겠죠."

"전처럼 우선 움직여서 여기의 문명 수준을 한번 파악해 보고 행동 방식을 결정해 보자. 마침 저기서 전투가 벌어지고 있으니 우선 저리로 가보지."

말을 마친 강민은 우측을 바라보다니 휙 사라졌고 못 말리겠다는 표정을 짓더니 따라서 사라졌다.

강민이 나타난 곳은 5미터가 넘는 지네 모양의 괴물과 머리를 박박 깎은 30대의 승려가 결투를 하고 있는 장소였다.

지네 괴물은 과거 강민과 유리엘이 처음 왔을 때처럼 온몸이 불타면서 스파크를 튕기고 있었기에 강민과 유리엘은 한눈에 지네 괴물이 타 차원에서 온 존재임을 알아챘다.

"저 정도 마나반발이면 저 녀석도 오래 버티진 못하겠는데요?"

"마나반발로 소멸하기 전에 어차피 저 승려가 잡을 수 있을 것 같은데?"

하늘에 떠있는 강민과 유리엘을 지네와 승려는 알아볼 수 없었고 그 결투는 막바지에 접어들고 있었다.

"민, 저 사람 하나만 봐선 아직 잘 모르겠지만 여기 마나 사용 수준도 아예 무시할 정도는 아닌데요?"

"그러게 말이야. 이센 차원 정도 수준은 되는 것 같은데? 어느 정도 정련된 투로하고 마나심법이 있는 것 같아."

"이센 차원 보다는 다카르 차원 쪽에 가깝지 않을까요? 저 승려가 차고 있는 팔찌에 술법의 기운도 있거든요. 그리고 여기저기에서 전자기까지 느껴지는 것으로 봐선 데케인 차원 정도의 기술력도 있는 것 같아요."

"그럼 종합해서 봐선 최소 1492번째 들렸던 코로스 차원 정도의 문명은 가지고 있다는 거네."

지네 괴물과 승려간의 전투는 막바지로 접어들었는데 승려는 마나를 돌려 양손에 빛나는 주먹을 만들어 공격하려 할 때였다.

퓨슉~ 퓨슉~ 퓨슈슈슈슉~

지내가 갑자기 몸을 들어서 가지고 있던 전 다리를 승려에게 쏘아 냈고 승려는 뜻밖의 공격에 당황해서 몸이 굳었다.

"민, 저 사람을 구해서 여기 정보를 좀 들어보죠?"

유리엘이 말과 함께 손가락을 튕기자 승려의 주위로 반투명한 막이 생겼고 그 다리는 다 튕겨나가서 주위의 나무와 돌에 꽂혔다.

다리가 녹아들며 나무와 돌이 같이 녹는 것으로 보아 강한 독성이나 산성을 띄고 있는 것 같았기에 승려는 한숨을 내쉬며 안심하면서도 지네의 추가공격에 대비하였다.

그때 강민이 허리춤에 차고 있던 140센티미터 정도의 바스타드 소드를 빼어들고 일격에 지네괴물의 상단에서 하단까지 갈라버렸다.

"허억… 저 괴물을 한번에! 껍질의 강도로 봐선 저렇게 잘릴 괴물이 아니었는데…."

승려는 당황해서 말을 잇지 못하였다.

"뭐 저 정도야 별거 아니죠. 민의 실력은 저 정도로 가늠하긴 너무 약소하죠. 호호."

갑자기 옆에서 나타난 유리엘에 승려는 더더욱 놀라며 엉거주춤하였다.

'내 실력으로도 인기척조차 느끼지 못하다니 이 둘은 누구지?'

"괜찮습니까?"

지네 괴물을 베었는데 체액조차 묻지 않은 깨끗한 검을 허리춤으로 되돌리며 민이 승려에게 물었다.

"괘… 괜찮소. 하마터면 죽을 뻔 했구려. 정말 고맙소 정말. 이정도 파동이면 혼자서 충분하리라 보고 혼자 내려 왔는데 큰 낭패를 볼 뻔 했구만. 그런데 당신들은 누구요? 옷차림을 보니 무림맹 쪽은 아닌 것 같은데? 아니면 올림 포스요? 외모를 보면 중원이나 우리 쪽인 것 같기도 한 데…. 당신들 정도의 실력자가 아무 통보 없이 들어온 것 보니 유니온 소속은 아닌 것 같소만?"

"올림포스? 유니온?"

유리엘이 갸웃거릴 때였다. 강민이 뭔가 흠칫 놀란 얼굴 을 하다가 유리엘에게 말했다.

"유리엘, 통역 마법을 거두고 저사람 말을 들어봐."

"아직은 말을 배우지 못해서 통역마법 없이는 힘들 건 데요?"

"내 말 들어봐. 유리엘."

유리엘이 어쩔 수 없다는 표정으로 손가락을 튕겨 마법 을 캔슬했다.

"내 말이 안 들리오? 어디 소속인 것이오?"

"아니 저 말은?"

"그래 한국어다. 우리가 드디어 찾아온 거야. 하하하."

한국어는 강민의 고향 언어로 예전부터 강민에 대해서 알고 싶어 하던 유리엘이 강민을 졸라서 배웠고 한동안은 한국어를 사용했기에 유리엘도 잘 알고 있었다.

"아. 여기가 고향이라 마나가 익숙하게 느껴졌던건가? 그래서 그토록 심한 마나반발에도 신체 재구성 시간이 평소의 절반 정도밖에 들지 않았던 것일 수도 있겠네."

"아 그런가요? 그럼 나는 왜? 아. 그 동안 민과 영혼이 교류하며 제 영혼에도 이 곳의 마나향기가 남았는지도 모르겠네요."

"그럴지도 모르지. 아마 그게 맞겠지 아니면 설명할 방도가 없으니 말이야. 하하하. 어차피 보낸 시간이 시간이라 아는 사람 하나 없을 테지만 그래도 고향에 돌아왔다고 생각하니 기분이 묘하네."

강민이 웜홀을 통해서 이 차원을 벗어난 지가 몇 만 년이 지났기에 혹시 고향차원에 돌아온다 할지라도 아는 사람은 고사하고 문명 자체가 없어졌을지도 모른다는 생각을, 그래서 혹시 고향에 돌아와도 알아차릴 수 없을 수도 있다는 걱정마저 했었다.

그런데 이렇게 한국어를 쓰는 사람이 있다는 것은 대한민국이라는 나라가 아직 있다는 증거였으니 기쁘지 않을 수 없었다.

"그래도 혹시 모르잖아요. 저 사람에게 지금 연도를 물어보지 그래요?"

"그럴까? 차원간의 시간 흐름이라는 게 차이가 많이 나니 어쩌면 몇 백 년 지나지 않았을 지도 모르지."

"스님, 혹시 지금이 몇 년도입니까?"

자신의 물음에 대한 대답 없이 알아듣지 못하는 말로 한참을 둘이서 이야기하는 모습에 승려는 일단 몸을 추스르고 있었는데, 갑작스러운 강민의 물음에 그리고 그 내용에 약간 당황하였다.

"지금은 당연히 2015년도지요. 어디 외진 곳에서 수련을 하셨나 보오."

"2015년?! 서기 2015년 말입니까?!"

강민은 경악한 표정은 다시금 승려에게 따지듯이 물어봤다.

"그… 그렇소. 서기 2015년이라오…."

"2015년이라니… 그럼 여기로 와서 신체 재구성 한 시간이 10년이니 내가 웜홀에 빠진 후 귀환 할 때까지 단 1년도 지나가지 않았다는 것인가!"

강민의 외침에 유리엘도 안색이 변하며 충격을 받았다.

"아무리 시간의 흐름이 다르다 해도 우리가 보낸 시간이 몇 만 년이 넘는데 단 1년도 지나지 않았다니… 정말 충격적이네요… 그런데 그럼 민의 가족들도 아직 살아 있겠네요?"

유리엘이 굳이 언급하지 않아도 지금 강민은 가족을 생각하고 있었다.

악룡 카이우스에게 잡혀 수천 년의 실험을 당하며 강민

은 아무리 시간이 지나고 지나도 결코 잊는 일이 없었다.

망각의 축복에서 해방된 저주를 받은 것이다. 혹자는 망각 할 수 없다는 것을 축복으로 생각할 수 있지만 그것은 분명 저주였다.

아무리 많은 시간이 지나도 그때의 고통을 그대로 느끼고 그때의 절망을 그대로 감내해야 하는 것이다.

어쩌면 강민도 유리엘이 없었다면 스스로를 봉인하여 허무의 공간에 던졌을지도 모른다.

그 스스로는 죽을 수도 없었기 때문이다.

너무 오래된 기억이라면 수많은 기억의 홍수에 잠시 의식의 수면 아래 가라앉아 있겠지만은 의식 아래에 묻어 놓았던 기억을 단지 떠올리는 것만으로도 그때의 상황과 경험과 감각이…. 심지어 웜홀에 들어가기 직전의 그 당혹감마저 함께 떠올랐다.

강민은 수 만년의 생을 살아왔다. 최초 웜홀에 빠져서 아케론 대륙으로 가서 생체실험을 당하며 지내온 몇 천 년을 제외하더라도 그는 유리엘과 함께 벌써 2천여 개의 차원을 돌아다니며 몇 만 년의 세월을, 생을 살아왔다.

그 삶속에는 수없이 많은 경험들이 있었다. 그 경험들을 되새기며 강민은 지금 상황에서 가장 적합한 대응을 찾고 있었다.

강민의 머릿속 상념은 길었지만 실제 시간은 잠깐이었다.

안광을 번쩍이며 눈을 뜬 강민이 유리엘에게 말했다.

"유리엘, 자메인 차원에서 일들 기억하지?"

잠시 생각하던 유리엘이 아련한 표정을 짓다가 대답했다.

"자메인 차원… 기억하죠. 어떻게 그걸 잊겠어요."

"그래, 잊을 수 없는 일이지. 유리엘 우리 그때처럼만 행동하자."

"그때처럼 이라면 [적응], [은둔]과 [징벌] 정도 말이죠?"

"거기에다 [보호]까지."

"[보호]까지. 알겠어요. 민의 뜻대로 해요. 결국은 그들이 원할 때 까지지요?

"그래 원치 않는다면 굳이 고통스럽게 이을 필요는 없지."

"그렇다면 마스터가 되지 못하면 길어야 2백년 정도겠군요. 그 후엔 어떻게 할 거에요? 민?"

"…그 후엔… 아마 전과 같이 너와 차원 여행을 하겠지. 너만은 영원한 내 영혼의 반려자이니까 말야."

"그렇죠. 여행이죠. 여행… 끝나지 않는 우리의 여행. 호호호."

유리엘이 강민을 보며 너무도 아름다운 미소를 지었다.

강민과 유리엘의 알아듣지 못하는 대화가 어느 정도 정리되는 것 같이 보이자 승려가 다시금 강민에게 물었다.

"우리말도 하실 수 있는 것 같은데, 어디 소속인지 말씀 해주실 수 있겠소? 아니 그보다 내가 생명의 은인의 성함조차 듣지 못했구만. 나는 금강선원의 진명이라 하오."

"아. 진명스님이시군요. 저는 강민이라 하고 이쪽은 유리엘이라 합니다. 그리고 소속이라. 우리는 소속이 없습니다. 스님."

"아니. 그 정도 경지를 그럼 독학을 했단 말이오?! 그리고 강민 시주와 유리엘 시주는 다른 계통의 능력을 사용하는 것 같은데 같이 독학을 한 것이오?"

"독학이라. 그렇지요. 독학이라면 독학인 것이지요. 여하튼 우리는 소속이 없습니다."

"허어. 강민 시주는 우리나라 분인 것 같은데 유리엘 시주는 어느 나라 분이오? 이름을 들으니 우리나라 분 같지는 않은데…."

"호호. 저는 언제나 민과 같은 편이지요."

"아… 이런 능력자들이 우리나라에 있다니 나라의 홍복이오 홍복. 이럴 것이 아니라 우리 금강선원에 들려서 자세한 이야기를 하면 어떻겠소?"

"그렇게 하시지요, 스님."

강민은 가족에게 한 달음에 달려가고 싶었지만 현실을 파악해야 가족의 삶을 지킬 수 있었기에 진명의 말을 거절하지 않았다.

강민과 유리엘은 많은 차원을 다니면서 대부분의 차원에서 많은 동료과 적들이 생겼었다.

강한 힘을 가진 사람에게는 언제나 힘을 이용하려는 사람, 힘을 두려워하는 사람, 힘을 나눠달라는 사람, 힘을 뺏으려는 사람 등 수많은 인간 군상이 다가왔다.

차원이동 초반에는 그러한 인간들을 도우며 한 국가를 건립해보기도 하고, 적들에게 대응하여 한 나라, 아니 한 문명을 박살낸 적도 있었다.

지금까지 돌아다닌 차원에서는 강민과 유리엘의 힘에 대적할 만한 상대를 찾을 수 없었다. 그랜드 마스터급의 상대는 다수 있었지만 그들조차 경지를 회복한 강민의 일 초지적도 되지 못했다.

이러한 경험들을 통해서 강민과 유리엘은 해당 차원의 문명에 맞추어 일종의 행동 양식을 설정하고 행동하였다.

그리고 이번의 행동 양식은 [적응], [은둔], [징벌], 그리고 [보호]였다.

"저기 저 일주문만 지나면 금강선원이요."

진명이 손짓한 곳에는 고풍스러운 일주문이 하나 서 있었고 유려한 필치로 금강사라는 현판이 달려 있었다.

"금강사?"

"금강사는 우리 금강선원의 외원 격이지. 이리로 따라 오시오."

일주문을 기점으로 평범한 사람은 알아차릴 수 없는 결계가 펼쳐져 있었는데 일행은 결계가 없는 듯 일주문을 지나쳐갔다.

"결계가 느껴지지요? 항마수호진이라는 결계인데 악의를 품은 사람을 막는 공능이 있소이다."

강민이 느끼기에 또 다른 결계가 있는 것 같았지만 진명이 언급하지 않았기에 다시 물어보지는 않았다.

일주문을 지나 얼기설기 만들어놓은 돌계단을 올라가자 여러 인영들이 진명을 기다리고 있었다.

"진명사제! 왜 이제야 오나? 이분들은 누구시고? 자네가 하도 오지 않아 사람을 더 보내려고 하던 참이네."

"진운사형, 죄송합니다. 그 C급 마물이라 판단하고 혼자 처리 할 수 있다 생각했는데 마지막에 뜻밖의 공격을 해서 하마터면 죽을 뻔했습니다. 다행히 저분들이 나타나 저를 구해주셨지요. 인사드리시지요. 남자시주는 강민시주, 여자시주는 유리엘 시주입니다."

"아니. 그런 일이 있었는가? 감사. 감사합니다. 시주님들. 저는 금강선원의 대제자 진운이라고 합니다. 원주이신 사부님을 대신하여 현재 금강선원의 일을 보고 있지요. 저희 진명을 구해주셔서 다시 한번 정말 감사드린다는 말씀을 드립니다. 아 밖에서 이럴 것이 아니라 우선 방으로 드시지요."

진운은 진명과 함께 강민과 유리엘을 봉래각이라는 현판이 붙은 방으로 안내하였다.

"사형, 이분들은 대단한 능력을 가지고 있으시지만 홀로 그것을 익히셨는지 이능의 세계에 대해서 지식은 별로 없으십니다."

"아. 그렇군요. 어찌되었든 저희 진명을 도와주셔서 감사합니다. 혹시 괜찮으시다면 저희가 안내자 역할을 맡겠습니다."

"안내자라면?"

"홀로 이능을 깨우친 능력자를 이능의 세계로 이끄는 역할을 하는 사람이지요."

강민과 유리엘이 말을 꺼내지도 않았는데 진운은 그들이 원하는 것을 정확하게 짚어냈다.

"일반적으로 무공능력자나 마법능력자는 문파나 도제식의 교육을 통해서 자연스럽게 이능의 세계로 진입하지만, 에스퍼 같은 초능력자들, 즉 각성형 능력자는 갑작스러운 각성을 통해서 능력을 깨우치기에 사전교육이 될 수도 할 수도 없습니다. 그래서 유니온 소속의 능력자들은 이런 각성형 능력자들이 능력을 깨우치게 되면 의무적으로 능력자 세상의 기본적인 정보를 알려주게 되어 있지요.

저도 안내자는 처음이지만 성심껏 알려드리겠습니다. 혹시 궁금하신 사항이 있으신지요?"

"아까 진명스님의 이야기를 들어보니 올림포스나 유니온 같은 이능을 가진 단체가 있다는 것 같은데 이 부분을 알고 싶습니다."

"아. 일단 유니온의 창설부터 말씀드리는 것이 이해하시기 편하시겠군요. 유니온은….."

진운의 설명에 따르면 이 세상에 이능은 예전부터 존재하여 왔다. 다만 일반인들은 모르고 있었을 뿐이다. 그리고 이능력자들도 서로가 정확하게는 몰랐지만 이능을 가진 다른 단체들이 있다는 것 정도는 서로가 알고 있었다.

이러한 이능력자 단체들이 수면에 떠오른 것은 유니온의 창설과 함께였다. 세계2차대전 당시 일본에 떨어진 원자폭탄은 이능력자의 세계에도 큰 충격을 주었다.

S급의 능력자가 아니고서야 원자폭탄을 견딜 수가 없었기 때문이었다. 어쩌면 절대의 능력을 발휘하는 S급 능력자도 원자폭탄에 직격 당하면 버틸 수 없을지도 몰랐다.

E급 능력자만 하더라도 권총 정도는 피할 수 있었고, C급 능력자만 되어도 대인 무기로는 피해를 줄 수 없었기에, 인간문명의 발전과 함께 발달한 전쟁무기에도 이능력자들은 크게 우려하지 않았다.

대물병기들에 들어가면 다소 위험하기는 하였지만 주의만 집중한다면 C급 이상의 능력자들은 충분히 그것을 피할 수 있었다.

하지만 원자폭탄은 이야기가 달랐다. 실제로 히로시마와 나가사키에 떨어진 원자폭탄에 일본의 이능력자 1000여 명이 잿가루가 되었다.

이 일을 계기로 세계의 주요 능력자 단체가 연합한 유니온이 창설되었다.

2차 대전의 시작은 강력한 정신계 능력자인 히틀러였고, 그 전쟁의 여파가 일반인에게 머무르지 않고 이능의 세계에도 영향을 미쳤기에 더 이상 일반인 세계를 이능력자들이 마음대로 주물러서는 안 된다는 공감대가 형성이 된 것이다.

또한 이능의 세계 역시 일반인 세계를 기반으로 존재하는 것이었기에 유니온의 주 목적은 일반인 세계가 극한으로 치달아 자멸하는 것을 방지하고, 능력자 간의 분쟁이 격화되어 일반인에게 피해를 주는 것을 막는 것이었다.

하지만 유니온 창설의 원인이 된 능력자가 일반인을 지배하는 것에 대해서는 크게 제재를 가하기 힘들었다. 왜냐하면 유니온의 창설멤버들 자체도 일반인을 지배, 통제 해왔기 때문이다.

예로부터 힘을 가진 이능력자들은 일반 세계의 암중 지배하여 왔고, 때로는 표면에 나서서 통치하기도 하였다.

결국 유니온은 암중 통제에 관해서는 크게 제재하지 못하였고, 다만 표면적으로 드러나서 이능력자가 일반인을 지배해서 일반인 세계에 큰 영향을 주는 경우만 제재하기로 결의 하였다. 이를 위해 이능력자들의 이능이 일반인에게 드러나는 것을 최대한 막았다.

이렇듯 유니온의 창설 목적은 다소 모순적이게 되었다.

'일종의 과도기 상황이로군, 외부의 충격이 가해진다면 빠른 시일 내에, 외부의 충격이 없더라도 그리 오래 지나지 않아서 결국은 붕괴될 체제군.'

강민은 과거 경험에서 이런 상황을 보았다.

힘을 가진 사람들 중에는 힘에 따르는 책임과 의무를 깨닫고 은연자중하는 사람도 있었으나 힘에 취해서 힘을 과시하려는 사람도 많았다.

전자가 많은 경우에는 힘이 통제 되어 일반인이 힘의 존재를 모르게 할 수 있었으나, 후자가 많아지면 결국 일반인은 힘을 가진 자의 지배를 받을 수밖에 없다.

결국은 힘에 따른 계급이 생기고 힘을 가진 지배계층에게 힘이 없는 피지배계층이 통제당하게 된다.

'그것이 인간 세상이지. 결국은 약육강식의…'

현재 유니온의 기준에 따르면 능력자는 F급부터 S급 까지 있었다. F급은 마나를 느끼기만 하는 수준이었고 S급은 오러 소드를 사용한다는 것을 보니 마스터 정도의 힘을 의미하는 것 같았다.

그랜드 마스터 수준이면 SSS급이라 하는 것 같지만 현재는 없다고 하니 이세계의 이능 수준을 짐작할 수 있었다.

'현재 무력으로도 활동에는 크게 지장이 없겠군.'

그때 유리엘이 진명에게 물었다.

"진명 스님, 그런데 아까 그 지네 모양의 괴물은 뭐죠?"

유리엘은 마물에 대해서 알고 있으나 이세계의 마물에 대한 지식 수준을 알아보기 위해서 물어보았다.

"아. 그 괴물은 이계의 마물입니다… 아실지 모르겠지만 웜홀이라는 통로가 있습니다… 이 통로는 차원과 차원을 잇는 일방통행의 통로인데 생성이유는 아직 밝혀지지 않았습니다. 다만 이 통로를 통해서 우리 세계에는 종종 괴물들이 나타나고 주로 이능력자들이 그것을 처리해 왔습니다. 대다수의 마물은 이곳의 기에 적응을 못하는 지불꽃을 튀기면서 자멸하는 경우가 많은데 몇몇 강대한 마물은 상당히 오랜 시간을 버티며 일반인에게 피해를 주는 경우가 있습니다. 다행히 강대한 마물은 기의 흐름이 풍부한 지역에 주로 발생하기에 그러한 주요 웜홀 발생지점에

는 항상 유니온 소속의 이능력자를 지근거리에 배치해놓
죠. 이곳은 저희 금강선원의 담당구역이라 할 수 있습니
다."

진명의 대답에 강민이 다시 부탁을 이야기 하였다.

"대강의 사정을 알겠군요. 혹시 하나 부탁 드려도 되겠
습니까?"

"어떤 부탁인지요? 진명사제의 생명의 은인이신데 저희
금강선원에서 최대한 도와드리겠습니다."

"저는 한국의 국적이 있는데, 유리엘은 현재 국적이 없
는 상태입니다. 어릴 적부터 산속에서만 살았기 때문이죠.
그래서 유리엘에게 국적을 만들어주고 싶은데 가능할까
요?"

군이 차원이동 이야기 할 필요가 없었기에 강민은 산속
에서 수련하였다는 최초의 이야기를 군이 수정하지 않았
다.

"국적이라. 금강선원은 중립적인 위치이지만 있는 곳이
북한이다 보니 남한에 영향력은 좀 약한 편입니다. 음…
지리산에 있는 천왕가가 남한에서는 큰 힘을 발휘한다고
하니 제가 천왕가에 부탁을 해보겠습니다. 아. 아니면 유
니온의 일원이 되시면 어떻겠습니까? 유니온의 멤버가 되
면 유니온 차원에서 신분을 보장하기에 어느 나라에서나
활동하시기에 편하실 것이고 등급에 따라서 혜택이 꽤 됩

니다. 어차피 이능력자이시니 이능의 세계에서 활동하실 가능성이 높은데 유니온의 멤버가 되면 좀 더 편하게 활동하실 수 있을 겁니다. 만약 유니온에 직접 소속되어 일을 하지 않더라도 무소속의 C등급 이상 멤버에게는 품위유지비 조로 일정 보조금도 지급하고 있습니다. 돈 때문에 사고 치지 말라는 것이지요. 허허."

"유니온의 멤버라… 가입 절차가 어떻게 됩니까?"

"연고가 없다면 유니온 국가별 본부로 찾아가서 테스트를 해야 하지만, 저희가 요청을 한다면 유니온 등급담당 직원을 이리로 부를 수도 있습니다. 나름 이 금강선원이 한국에서는 3대 선문으로 불리고 있어서 말입니다. 허허허."

"아~ 대단한 곳이었군요. 그럼 부탁 좀 드리겠습니다."

"대단은 무슨 말씀을… 허명이지요. 그럼 제가 연락을 하겠습니다. 잠시만 기다려주십시오."

진운스님은 일어나서 밖으로 나갔고 강민과 유리엘은 간단한 심어를 주고받았다.

[유리엘, 아무래도 유니온의 일원이 되는 게 은둔하기 편하겠어. 마나 기반 문명이 이면에서 이렇게 있다면 결국은 이쪽에 노출이 될 테니 말야. 이런 상황에서 힘을 숨기다 갑자기 드러나면 오히려 이상한 일일 수도 있으니 말이야.]

[그래요 민. 민 뜻대로 해요.]

밖으로 나온 진운스님은 스마트폰을 들고 전화를 걸었다.

"이봐 창수날세."

[아, 진운스님이 왠일이십니까?]

"다음이 아니고 유니온에 가입을 원하시는 분들이 있어서 말이야."

[신입회원입니까?]

"신입…회원은 맞는데. 최소 B등급 이상은 되어 보인다네."

[신입이 B등급요? 확실한 겁니까. 스님?]

"내가 B등급인 걸 차네도 잘 알지 않는가? 내가 경지를 가늠할 수가 없다네."

[와우, 그 정도인가요? 그런데 그 정도 신입인데 소속이 없는건가요? 왜 금강선원에서 연락을 주시는 건지?]

"아. 그분들이 10년간 산속에서 홀로 수련했고 이번에 처음 출도했는데 제대로 된 안내자가 없었다더군. 그래서 이능의 세계에 대해서도 잘 모르시더군. 그래서 이번에 내가 안내자가 되었다네. 허허"

[그러신가요? 혹시 이름은 알고 계십니까?]

"두 분인데 남자시주는 강민, 여자시주는 유리엘이라 한다네."

[강민과 유리엘이라… 카오틱에빌의 신분 세탁 뭐 이런 건 아니겠지요?]

"그레이울프라면 몰라도 카오틱에빌은 아닐세, 눈빛과 기가 맑아."

[스님의 안목이야 정확하지요. 하하.]

"금강선원이 보증한다면 가입 안내담당을 보내줄 수 있겠는가? 내 개인적으로는 자네가 오면 좋겠는데 말이지."

[네. 누구 부탁이신데요. 스님의 부탁이라면 제가 열일을 제쳐두고 가야지요. 암요. 안 그래도 요즘 제 밑으로 신입들이 들어와서 좀 한가합니다. 네 제가 가겠습니다. 오늘 일 좀 처리하고 내일 오전 중으로 가겠습니다.]

"고맙네 창수. 그럼 내일 보도록 하지."

[네. 스님 그럼 내일 뵙겠습니다.]

김창수는 유니온에서 직접 일하는 유니온 직원이었는데 과거 진운에게 큰 도움을 받은 적이 있어 은인으로 생각하고 있었기에 흔쾌히 진운의 부탁을 받아들였다.

강민은 방에서 진운과 김창수와의 대화를 들을 수 있었는데 김창수의 기꺼워 하는 말투에 일이 잘 풀려 간다고 생각했다.

곧바로 방에 들어온 진운이 웃으며 강민에게 말을 건넸다.

"강민 시주님, 이야기가 잘 풀려서 내일 유니온에서 사람을 보내준다 하더군요. 내일 유니온에서 등급을 인증 받고 신분증을 받으면 유니온 소속 이능 단체가 있는 나라에서는 운신에 제약이 없으실 겁니다."

"신경 써 주셔서 감사합니다. 스님."

"뭘요. 진명사제를 구해주신 것에 비하면 아무것도 아니지요. 그럼 산에서 내려오셔서 피곤하실 텐데 쉬시지요."

강민과 유리엘을 방에 두고 진운과 진명은 일어나서 방을 나섰다.

"이상하지요?"

"그래 묻지도 않는다는 건 뭔가 알고 있다는 건가?"

"그래도 적의는 없으니 크게 생각지 않아도 될 것 같아요."

"뭐 조만간에 이유가 밝혀지겠지. 아니라도 상관없는 일이고."

"그렇지요."

진운은 강민과 유리엘에게 별 다른 질문을 하지 않았다. 아무리 사제의 은인이라 해도 아무런 의심 없이 안내자를 자처하며 이능의 세계에 관해서 친절하게 알려줬다.

진명 역시 강민과 유리엘이 우리말도 아닌 영어도 아닌 말을 하는 것에 대해서 어떤 의문도 표시하지 않았다.

사실 산에서 10년간 수련했다는 강민과 유리엘은 그 옷차림만 해도 앞뒤가 안 맞는 구석이 있었다.

물론 물어본다면 나름의 납득할만한 대답을 준비했지만 수련이나 옷, 언어에 대한 질문조차 하지 않는 다는 것은 강민이 생각하기에도 다소 의아한 일이었다.

잠시 생각하던 강민은 컴퓨터가 설치되어 있는 것을 보고 반색했다.

"아. 컴퓨터가 있네. 인터넷이 설치되어 있다면 웬만한 정보는 여기서 다 여기서 얻을 수 있을 거야."

"이건 데케인 차원에 있는 마나패널과 비슷한데요?"

"그렇지? 나도 마나패널을 처음보고 컴퓨터를 생각했으니 말이야. 물론 마나패널은 마나를 이용한 훨씬 고차원적인 기기지만, 이 컴퓨터는 마나가 없는 일반인들도 사용할 수 있는 범용성이 높은 기기이니 어느 것이 낫다는 말을 하긴 힘들겠지."

컴퓨터는 두 대가 있었고 간단한 조작법을 유리엘에게 알려준 강민은 인터넷을 통해서 한참 10년간의 정보를 검색하고 있었다.

"민, 잠깐 이거봐요."

강민은 부른 유리엘은 어느새 그 은색의 로브를 벗어 옷을 갈아입었는지 흰색의 셔츠에 짧은 핫팬츠 스타일의 청바지를 입고 있었다.

C컵은 족히 되어 보이는 볼륨감 있는 가슴과 탄력적이고 탄탄해 보이는 S 라인이 그대로 드러난 늘씬한 몸매는 서구적인 얼굴과 잘 어울려 TV 속의 연예인들도 따라갈 수 없는 절대적인 미모였다.

"유리엘? 그 옷은 뭐야?"

"여기 젊은 여자의 기본적인 옷차림이래요. 인터넷이라는 곳에서 사진을 보고 한번 만들어 봤어요. 민도 그 옷보다는 이런 스타일의 옷이 어때요?"

유리엘이 말을 마치며 손가락을 튕기자 강민의 몸에서 빛이 나며 흰 반팔 셔츠에 청바지의 차림으로 바뀌었다.

강민은 큰 키에 탄탄해 보이는 체형이라 이런 기본 스타일의 옷만 입어도 무척이나 잘 어울렸고, 얼굴도 상당히 준수한 편에 강인해 보이는 큰 눈이 매력적인, 소위 말하는 훈남 스타일이라 실제 모델을 해도 괜찮을 정도의 외모였다.

"이런 옷 스타일, 정말 오랜만인데?"

"마법진을 새긴 제대로 된 옷은 나중에 따로 만들 테니, 일단은 아쉬운 대로 이렇게 입는 게 어때요? 기존의 옷감에서 스타일만 여기 스타일로 바꾼 거에요. 차원이동 할 때마다 다시 마법진 새기는 것도 상당히 귀찮다니까요. 에휴."

차원을 이동하는 경우 마나의 반발이 일어나는 건 생명체에 한정되는 것은 아니었다.

마나를 가진 생명이야 당연히 마나 반발이 생기지만, 생명체가 아닌 경우도 마나를 품고 있다면 마찬가지로 마나 반발이 발생한다.

강민과 유리엘의 장비와 의복은 대부분 유리엘이 마법적인 조치를 취해놓았는데 차원 이동시마다 마나반발로 마법력을 잃어서 다시금 제작해야 하는 불편함이 있었다.

물론 다른 이들은 불편함이 아니라 차원이동으로 생명을 잃는 경우가 대부분이겠지만, 둘에게는 해당사항이 없는 일이었다.

"그건 그렇고 여기 사람들 옷차림을 보니 여기도 상당히 개방적인 곳 같아요."

"뭐 개방적이라면 개방적인 곳이지. 예전엔 몰랐지만 지금에 와서 보니 이 세계는 한창 변혁기에 들어와서 진행 중인 곳 같아. 물질 문명이 이처럼 발전했는데 이능이 감추어진 세계라면 조만간에 큰 변혁이 진행되겠지. 유니온 같은 단체를 만들어 감추려고 하지만 변화의 흐름이라는 건 그렇게 막을 수 있는 게 아니라는걸 유리엘도 잘 알잖아."

"그렇죠. 딜라인 차원에서만 해도 그렇게 감추려던 이능이 드러나면서 이능력자들의 지배가 시작되었고 그를 반대하던 이능력자와 싸움 끝에 대다수의 문명이 파괴되었으니 말이죠.

차라리 데케인 차원에서처럼 이능력자들의 우위를 인정

하고 지배, 피지배 관계가 빨리 성립되어 버리는 것이 문명의 유지 발전에는 더 좋을지 모르죠."

"웜홀에서 나오는 마물이라는 것이 이런 변혁을 더 촉진시킬지도 모르지."

"그렇죠. 외부의 적이 있다면 내부적 단결이 쉬울테니까요."

몇 시간이 지났을까, 진운과 진명과 함께한 저녁식사 시간을 제외 하고는 온전히 이 세계에 적응하기 위하여 컴퓨터를 다룬 강민은 10년간의 새로운 정보를 대부분 수습 할 수 있었고, 유리엘도 상당히 이 세계의 문명과 문화를 파악할 수 있었다.

강민은 과거에 있던 차원이니 10년간의 정보 업데이트만 필요할 뿐이었고 유리엘 역시 강민에게 이 세계에 대한 많은 정보를 자주 들었기에 다른 차원에 이동한 것에 비하면 적응의 시간은 크게 들지 않았다.

하물며 컴퓨터와 인터넷이라는 문명의 이기가 있는 상황에서 이제 둘은 이 세계의 토박이와 다름없는 지식수준을 가질 수 있었다.

❖

데~엥~~~데~~~엥~~~~

아침이 되었는지 멀리서 장엄한 종소리가 들려왔다. 아직은 어둑어둑한 기운이 남아있지만 서서히 날이 밝아오는 것을 느낄 수가 있었다.

숲속에서 쩩쩩거리는 산새소리가 아직은 산속에 있다는 것을 실감나게 알려주고 있었다.

파란 천에 검은색 땡땡이가 그려진 잠옷과 분홍 천에 흰색 땡땡이가 그려진 잠옷을 커플로 입은 강민과 유리엘도 기분 좋게 눈을 떴다.

"여긴 참 기운이 맑아서 푹 잘 수 있어서 좋은 것 같아요. 민."

"유리엘. 근데 우리 꼭 이런 잠옷까지 입어야 해?"

"뭐 어때요? 이번엔 [적응]하기로 했잖아요. 호호홋."

"그래도 이런 옷 까진. 흠흠."

강민이 왠지 쑥스러워하는 것 같아서 유리엘은 옆구리를 쿡찌르며 간지럽혔다.

그 때 밖에서 인기척이 들려왔다. 진명스님이었다.

"시주님들 일어나셨으면 아침들 드시지요."

"네, 스님. 나갑니다."

유리엘이 손가락을 딱하고 튕기자 그들의 옷은 어제와 같은 흰셔츠에 청바지의 커플룩으로 바뀌었다.

식사를 마치고 마루에서 차를 마시고 있으니 저 멀리 하늘에서 헬기가 한 대 날아왔다.

"저 헬기에 유니온 직원이 타고 오는 거군요."

"저것이 자연스럽게 보이십니까? 역시 듣던대로 대단하시군요. 저기에는 인식장애결계가 펼쳐져 있어서 일반인은 전혀 눈치를 못 채고, 이능력자도 꽤나 집중해야 보일텐데 말입니다."

"듣던 대로요?"

"아. 아닙니다. 어제 진명사제에게 들은대로 말입니다."

진운스님은 무언가를 더 알고 있는 눈치였지만, 강민은 굳이 추궁하지 않았다.

헬기는 곧 금강선원의 후원 쪽에 도착을 했고 검은 양복을 입은 김창수가 서류가방을 가지고 내렸다.

"아이고 스님, 이게 얼마만이신가요? 그간 별고 없으셨습니까?"

"우리 만난지 한 일년 쯤 되었나? 내가 별고랄게 뭐 있겠나. 자넨 별 일 없는가?"

"네, 스님 저도 뭐 그냥저냥 먹고 살지 말입니다. 하하하."

둘은 꽤 친한사이로 보였는지 편안하게 말을 주고 받았다.

"여기는 김창수 과장입니다. 유니온에서 인사담당을 하고 있지요. 여기는 강민시주, 그리고 이쪽은 유리엘 시주일세."

"반갑습니다."

"반가워요."

"아. 강민님과 유리엘님이신가요? 잘 부탁드리겠습니다."

"저희가 잘 부탁드려야지 과장님이 부탁하실 것이 뭐 있겠습니까?"

"진운스님 말로는 B등급 이상의 능력자시라는데 제가 잘 부탁해야죠 하하하."

김창수 과장은 170 중반 정도 되어 보이는 키에 단정한 머리를 한 호리호리한 체형을 가진 중년남성이었는데 상당히 쾌활하게 보였다.

"일단 자리를 옮기시지요."

진운은 어제 묶었던 봉래각과는 다른 응접실 분위기의 금강전으로 일행을 안내했다.

안내를 보는 시동이 차를 놓고 나가자 김창수는 가방에서 서류와 함께 휴대폰만한 전자기기를 꺼내었다.

"원래 원칙은 본부에서 적합도 검사를 하고 등급을 확정해서 가입을 하는 건데, 금강선원과 진운스님의 보증으로 출장 등록을 해드리는 겁니다. 하하."

김창수는 진운에게 한쪽 눈을 찡긋 거리며 강민과 유리엘 앞으로 서류를 놓았다.

"서류야 별것 아니지만 간단한 등급 테스트는 있습니다. 두 분 다 기공형 능력자라고 하셨죠? 일반적인 무술과 마나를 기로서 이해하는 능력자 말입니다."

"네. 그렇습니다."

"그렇다면 여기 이 돌을 잡고 마나를 한번 불어넣어보시겠습니까?"

김창수는 전자기기와 선으로 연결된 돌을 강민에게 내밀었다.

돌을 잡은 강민은 마나를 불어넣었고 김창수의 경악하는 표정을 보고 오러 소드를 발현하기 직전에서 마나주입을 멈추었다.

'A+! 그것도 마나량만 봐선 S급이 되기 직전이다!'

김창수는 놀라움을 감추지 못하고 강민에게 말했다.

"A+ 등급입니다. 대단하신데요 정말."

"A+ 인가? 역시 대단하십니다. 강민 시주님."

진운은 어느 정도 예상을 했던 듯 김창수와 같은 놀라움을 보이지는 않았다.

"그럼 유리엘님도 한 번 측정해주시죠."

강민의 전음을 들은 유리엘은 샤이닝 소드 상태에서 하울링의 발현할 정도의 마나를 주입하였다.

"A등급이시네요. 정말 두 분 다 대단하신데요? 정말 가르쳐주는 이가 없는데 이정도 수준까지 독학하셨습니까?"

"가르쳐 주는 사람은 없었죠. 살기위해서 배워야 했고 익혀야 했으니…."

강민이 기억을 더듬는 듯 잠시 저기 먼 곳을 응시하며 말했다.

"혹시 강민님, 부친은 11년 전 사망하신 강철수님, 모친은 한미애님 맞으신가요?"

"그렇습니다. 조사가 이루어졌나보군요."

"네. 기본적인 인적사항은 미리 파악해둬야 해서요. 그런데 유리엘님은 아무리 찾아도 어떤 정보도 없어서 애를 좀 먹었습니다.

"그럴 겁니다. 유리엘은 한번도 여기 사람과 접촉한 적이 없으니까요."

강민은 어제 진운과 김철수간의 통화에서 아마 본인의 신분은 노출되리라 생각했었다.

10년전 한국에서 실종되었던 강민이라는 이름만 찾아도 그리 어렵지 않게 찾을 수 있을테니 말이다.

가명을 쓴다면 당분간 숨길 수 있을지 몰라도 어차피 가족에게 돌아갈 마음을 먹고 있으니 굳이 숨기지 않았다.

"10년 전만하더라도 이능세계와 아무 접촉이 없었는데 어떻게 10년만에 이런 강대한 마나를 가지게 되셨는지 물어봐도 되겠습니까?"

"그런 것도 일일이 설명해야 하는가요?"

강민은 강자였다. 적절한 변명은 할 수 있지만 너무 구구절절한 변명도 오히려 이상할 수 있었다.

실제로 초능력자 같은 각성형 이능력자들은 아무런 징조 이 갑자기 B등급, C등급의 경지로 각성해 버리니 강민과 유리엘 같은 케이스는 드문 것이 아니었다.

"아닙니다. 그냥 개인적인 궁금함이었습니다. 그럼 유니온에 가입하신다구요?"

"그렇습니다. 저야 괜찮지만 유리엘은 신분이 필요해서요."

"그러시군요. 국적은 강민님과 같이 한국 국적이면 되겠습니까?"

"그렇습니다."

"음. 유리엘님은 혹시 성이 어떻게 되시는지? 주민등록증에 성함을 기입해야 해서 말이죠."

그말을 들은 유리엘은 잠시 생각하다 진명은 무척이나 길고 복잡했기에 굳이 그것을 다 언급할 필요는 없다고 생각했다.

"그냥 유리로 해주세요. 대한민국에서 가장 흔하다는 김씨 성에 이름은 유리"

"유리. 좋은데 유리엘. 하하."

"네 알겠습니다. 여기 유니온 멤버의 간단한 규약집이

있습니다. 권리와 의무 항목을 특히 주의 깊게 보시고 이의가 있으시면 말씀해 주십시오."

간단한 규약집이라는 것이 책 한권은 족히 넘는 두께였다.

강민과 유리엘은 꼼꼼하게 규약집을 읽었고 어제 진운에게 들은 골자에서 크게 벗어나지 않는다는 것을 알 수 있었다.

"의무항목에서 유니온의 멤버는 유니온의 요청이 있을 시 부득이한 사정을 제외하고 유니온의 요청을 따른다는 항목은 어느 정도의 요청을 말하며 거부했을 때의 패널티는 어떻게 됩니까?

"아. 그 규정은 웜홀의 발생 시 처리해 달라는 요청이 대부분이지요. 드물게 다른 요청이 들어가는 경우도 있지만 뭐 부득이한 사정이 있을 수 있지 않습니까?

패널티는 품위유지비의 삭감정도가 있지만 대부분의 능력자들이 돈이 부족한 경우는 없으니 크게 개의치 않지요. "

"또 의무항목에서 유니온의 멤버는 일반인에게 이능을 노출을 최대한 자제한다는 규정은 혹시 노출했을 때의 패널티가 있는가요?"

"들으셨는지 모르겠지만 이능을 모르는 일반인들에게 노출이 된다면 정보관제를 하고 다소간의 기억조작을 행

現世　1
歸還錄

하지요. 만약 그 노출이 악질적이고 지속된다면 멤버에서 퇴출하고 사회에서 격리시킬 수도 있습니다.

또한 같은 맥락에서 일반인들의 스포츠 등에 끼어드는 것은 유니온차원에서 금지하고 있습니다."

유니온의 규약집을 다 읽은 강민과 유리엘은 김창수가 제시한 서류에 사인을 하였고 김창수는 기분 좋은 얼굴로 서류를 가방에 집어 넣었다.

"혹시 두 분 금강선원에 소속 되신 겁니까?"

금강선원은 어릴 적부터 수련하여 제자를 기르는 단체였지만 다른 많은 능력자 단체들은 스카웃의 방식으로 능력자를 영입하는 경우가 많았기에 김창수는 진운을 바라보며 물었다.

"아닐세. 난 안내자 역할만 하는 거네. 하지만 강민민과 유리엘님이라면 언제나 우리 선원은 환영입니다. 허허허!"

"말씀은 고맙지만 아직 어디에 소속되고 싶지는 않습니다. 유니온도 특정 단체가 아니라 능력자들의 연합이라기에 가입하는 것 뿐이지요."

"품위유지비는 들으셨지요? 소속된 단체가 있으면 품위유지비는 없으나 무소속이신 경우는 C등급은 원화로 대략 월 1천만, B등급은 월 1억, A등급은 월 10억의 품위유지비가 나갑니다. 두 분은 무소속의 A등급이니 합쳐서 월 20억씩 품위유지비를 받으시겠네요."

사실 일반인 사회에서 활동하는 왠만한 능력자 단체들은 어머어마한 경제력을 가지고 있기에 C등급만 되어도 단체의 역량에 따라 월 10억 이상은 우습게 벌 수 있었다.

금강선원만 하더라도 일반사회 활동을 별로 하지 않지만 몇 십, 몇 백억 단위는 쉽게 움직일 수 있는 역량이 있었다.

그렇기에 품위유지비는 말 그대로 자잘한 돈 때문에 사고 치지 말라는 '품위' 유지비였다.

유니온의 품위유지비는 상당히 실질적인 제도였다.

사실 D등급 이하의 하위등급이 문제를 저지르는 경우, 유니온 소속의 수호단이나 척결대가 나서서 충분히 제재할 수 있었다.

C등급도 별다른 어려움 없이 제재할 수 있으나, 만일 월 천만원의 비용으로 그것을 다소간 막을 수 있다면 그것이 훨씬 싸게 드는 일이었다.

B등급부터는 수호단도 피해 없이 잡으려면 여러 명의 B등급이 나서야 하고, 만일 B등급이 악한 마음을 품고 일반인을 공격한다면 피해는 훨씬 클 것이다. A등급은 말 할 것도 없다.

소속이 있는 경우에는 소속된 단체에서 생활을 보장해주고 어느 정도의 통제를 하기에 큰 어려움은 없지만 무소

속인 경우에는 단지 돈 때문에 능력을 이용한 범죄를 저지르는 것을 방지하기 위해서

그래서 이 정도 비용으로 전부는 아니겠지만 일정의 능력자 범죄를 예방할 수 있다면 상당히 효율적이라는 생각에 시행되고 있었고 그 성과도 꽤 있었다.

"만일 유니온의 멤버가 아니라 직원으로 함께하신다면 품위유지비가 아니라 연봉이 나가게 됩니다. 직무에 따라 다르겠지만 대략 품위유지비의 열배 가량 되는 연봉을 받을 수 있습니다.

물론 어지간한 능력자 단체만 하더라도 그것보다 많이 주겠지만 유니온 직원이라고 함은 능력자 세계에 공무원 아니겠습니까? 생각보다 일반사회에서나 능력자 세계에서나 힘은 좀 있답니다. 하하하. 물론 대신 직원이니 당연히 회사의 방침을 따라야겠지만요. "

"직원은 아직 생각이 없습니다."

'월 10억이라… 월 80만원을 벌려고 신문배달하다 그랬던 것이 어제 일 같은데 참. 세상일이란….'

직원도 아니라 멤버로서 가입만 하더라도 월 10억의 품위유지비가 나온다는 사실에 예전일이 스치듯 머릿속에 떠올라 강민은 속으로 쓴웃음을 지었다.

사실 강민과 유리엘에게 돈은 의미가 없었다. 지금 당장 유리엘의 아공간에는 백만톤이 넘는 순금이 있었다.

어느 차원에서나 화폐로서의 가치를 하는 금이었기에 몇 만년간 차원을 돌면서 모으다 보니 이토록 많아진 것이었다.

"아. 그러신가요? 알겠습니다. 가입은 끝나셨습니다. 신분증과 회원증은 본부에서 수령하시거나 아니면 내일 여기로 보내드릴 수 있습니다. 회원증은 신용카드도 겸하는데 한도는 연간 지급하는 품위유지비와 같습니다. 한도가 초과된다면 추가 입금이 없는 경우, 품위유지비에서 차감하고 있습니다."

"본부로 가서 오늘 바로 수령하겠습니다. 갈 곳이 있어서요."

"아. 집으로 가서야 하지요. 10년만인데 제가 너무 잡고 있었네요. 그런데 어차피 한국으로 오실 거였는데 그냥 헬기만 보내드려서 본부로 모시는 것이 나았을 수도 있겠네요."

"그러게 창수, 내가 생각이 짧았네. 도와드린다는 생각이 앞서서 말일세."

"아닙니다. 덕분에 저도 오랜만에 스님도 뵙고 좋지요 뭘 하하하."

"그럼 저랑 같이 가시면 되겠습니다. 일단 본부는 서울이니 서울에 들렸다가 관련절차를 마무리 짓고 바로 어머니가 계시는 곳으로 모셔다 드리겠습니다. 사는 곳은….

예전 그대로 더라구요."

"본부에 들렸다가 집에는 알아서 가겠습니다."

김창수가 서류를 정리하는 사이, 진운이 강민에게 다가와 나직하게 말하였다.

"강민시주, 혹시 나중에 부탁 하나 드려도 되겠습니까?"

"어떤 부탁입니까? 이렇게 편의를 봐주시는데 웬만하면 도와드리겠습니다."

"지금은 아니고 나중에 따로 말씀드리겠습니다. 아. 그때 곤란하시다면 거절하셔도 괜찮습니다."

"알겠습니다. 나중에 연락 주십시오."

✣

한국 본부는 남산타워의 지하에 숨겨져 있었다. 남산에 도착하여 헬기에서 내린 일행은 본부로 가는 전용 무빙워크를 통해서 본부에 들어갔다.

본부에 들어온 일행은 지체없이 관련부서에 들려서 신분증과 회원증을 수령했다.

유니온 멤버 전용 스마트 폰도 지급하였는데 스마트 폰을 처음 보는 유리엘은 이를 신기해했다.

"이건 작은 컴퓨터나 마찬가지네요. 이 세계의 마나문명은 모르겠는데 일반문명 수준은 상당한 수준이네요."

"그래봤자, 캔딜러 차원의 기술수준에 비하면 아직 한참 멀었지."

"캔딜러 차원은 그래도 마나기반이었잖아요. 마나 없이 이정도면 대단한 거지요."

이런저런 이야기를 나누고 있던 강민과 유리엘에게 관련 절차를 다 처리한 김창수가 돌아왔다.

"이제 절차는 다 끝났습니다. 다만 본부장께서 뵙고 싶어 하시는데 같이 가실 수 있겠습니까?"

"원래 통상적인 절차인가요?"

"C급이하 능력자의 경우는 그냥 제선에서 가입하고 끝나지만 B 급 능력자부터는 보통 본부장님과 다과 정도는 하시지요. 특히 무소속이라면 유니온 차원에서 포섭하기 위해서라도 꼭 만나뵙지요."

"김과장님은 솔직하시네요."

"뭐 숨길 것도 아니지 않습니까? 허허허."

강민과 유리엘을 안내한 김창수는 긴 복도 끝에 있는 문에 달린 벨을 눌렀다.

안에서 열수 있는 문인지 벨소리를 나고 잠시 후에 자동으로 문이 열렸고 안에는 다섯명의 직원들이 바쁘게 움직이고 있었다.

안쪽에는 큰 문이 하나 더 있었는데 문 옆으로 놓인 테이블에는 뒤로 머리를 묶고 안경을 쓴 20대 중반 여성이 컴퓨터를 치고 있었다.

"저기 미스 정?"

"네, 김과장님. 아! 이분들이신가요?"

"그래 이분들이시지. 본부장님은 계시지?"

"네. 기다리고 계셨어요."

"그럼 말씀드려주게나."

"잠시만요."

정은미는 테이블 우측상단에 놓인 인터폰을 통해서 김창수와 일행이 도착했음을 알렸고 인터폰에서는 모시고 들어오라는 응답이 나왔다.

"이리로 오시지요."

정은미는 익숙한 모습으로 일행을 안내했다.

들어온 방안에는 커다란 책상이 보였고 책상의 뒤쪽으로 우리나라의 지도가 홀로그램으로 떠올라 있었다.

염색할 때가 조금 지났는지 흰머리 군데군데 보이는 검은 머리를 올백의 스타일로 뒤로 넘긴 선이 굵게 생긴 보통 체구의 장년이 큰 의자에서 일어나 반갑게 일행을 맞았다.

"반갑습니다. 제가 한국본부를 맡고 있는 김세훈이라고 합니다."

"반갑습니다. 강민입니다."

"김유리에요."

김세훈 본부장은 보통의 체구에도 한 본부의 장이라는 위치 때문인지 은연중에 풍겨나오는 카리스마가 있었다.

"김유리? 아. 한국국적 때문에 이름을 바꾸셨다고 했지요? 이리로 앉으시지요. 차는 뭘로? 커피 괜찮으시겠습니까?"

"네, 괜찮습니다."

"미스 정, 차 부탁해."

"알겠습니다. 본부장님."

정은미는 방을 나왔고 일행은 본부장 책상 앞의 손님용 소파에 자리를 잡았다.

김세훈은 이런 자리가 익숙했는지 자연스럽게 대화를 이어나갔고, 강민이 굳이 언급하려 하지 않는 부분은 파고들어 묻지도 않았다.

정은미가 놓고 간 차를 다 마실 때 쯤 김세훈은 본론을 꺼냈다.

"금강선원의 보증으로 오셨지만 아직 아무 소속이 없다고 들었습니다."

"네, 일단은 어디에 소속될 마음도 없구요."

"우리 유니온에서 같이 일해보시는 것은 어떠십니까? 금전적인 면이나 일반 세상에 영향을 미치는 권력의 면이나 다른 단체에 비해서 섭섭하지 않는 대우를 약속드립니다."

"꽤 노골적이시군요."

"대화를 해보니 겉치레를 좋아하진 않으신 것 같은데. 아닌가요?"

"그건 맞지만, 아까 말씀 드린대로 지금은 어디 소속이고 싶지는 않군요. 그리고 금전적인 면은 상당히 부족하다고 들었는데 아닌가요? 아까 김과장님이 능력자 세계의 공무원이라 하던데."

강민의 김세훈 본부장은 김창수를 바라보았고 김창수는 본부장에게 괜히 그런말을 한다는 눈빛으로 강민을 흘겨보았다.

"공무원이라⋯ 맞습니다. 그렇죠. 하지만 사회에서의 권력은 유니온을 따라갈 단체가 드물지요. 그런데 돈이 필요하신 겁니까? 그렇다면 월급이 아니라 활동비로 원하시는 금액을 맞춰 드릴 수도 있습니다."

김세훈 본부장은 적극적으로 강민과 유리엘을 영입하려고 하였다.

"말씀은 감사합니다만. '아직은' 그럴 생각이 없군요."

"'아직은' 입니까? 알겠습니다. 혹시 향후에라도 생각이 바뀌시면 연락주시죠. 여기 제 명함입니다."

김세훈의 명함은 금색의 플라스틱으로 '유니온 그룹 한국 지사장 김세훈'이라는 이름과 함께 전화번호가 적혀 있었다.

"역시 유니온 그룹이 유니온의 일반 사회에서의 이름인가요?"

"네, 뭐 능력자들은 다 알고 있고, 일반인들도 능력자와 끈이 있는 사람들은 다 알고 있으니 굳이 이름을 바꿀 필요가 없지요. 아시다시피 우리 유니온 그룹은 일반 세계에서도 굴지의 그룹입니다. 취업하신다고 해도 후회하지 않으실 겁니다. 하하하."

다과를 마친 일행이 밖으로 나가자 원래 자신의 자리인 본부장석에 돌아간 김세훈 본부장은 의자에 등을 기대인체 잠시 눈을 감고 생각에 잠겼다가 이내 눈을 뜨고 나지막이 중얼거렸다.

"총장님께는 보고해야겠고… 위원회에는… 잠시 보류해야겠군…."

집까지 안내하겠다는 김창수를 만류하고 본부를 나온 강민은 남산에서 서울 시내를 바라보며 잠시 상념에 잠겼다.

유리엘은 신뢰와 사랑으로 가득찬 눈빛으로 강민을 바라보며 언제까지나 강민이 움직일 때를 기다리고 있었다.

강민은 과거 가족들과의 기억을 떠올리고 있었다.

어렵게 사업을 시작했던 아버지가 승승장구하던 모습

을, 사업이 잘나가며 가족간의 화목했던 모습을, 다 같이 식사를 하며 여행을 갔던 행복했던 모습을.

그리고 IMF 외환위기의 직격탄에 맞아 아버지 사업이 무너져 갔던 모습을, 아버지의 죽음에 따른 생명 보험금으로 빚의 굴레에서는 빠져 나왔지만 살기위해서 아등바등거려야 했던 처참한 모습을.

강민은 떠올리고 있었다.

망각의 축복을 받지 못하는 강민은 이런 모든 일들이 어제 일처럼 생생히 떠올랐다.

"민, 기분이 어때요?"

"글쎄, 어제같이 생생하게 떠오르긴 하는데 너무 많은 일을 겪어서 감정이 마모되었는지 생각처럼 가슴 뛰지는 않네."

"기억과 실질은 다르니까요. 만나보면 다를 거에요. 가족이라… 그리운 단어네요."

"그래 나도 그립게만 생각했는데. 이렇게 만난다니 실감이 안나."

능력을 발휘하면 얼마 걸리지 않을 거리를 강민은 대중교통을 타고 가기로 하였다.

지하철과 버스를 타고 가는 내내 강민은 상념에 빠져 있었고, 유리엘은 그런 강민을 따뜻한 미소로 가만히 지켜볼 뿐이었다.

지하철과 버스를 탄 사람들만 유리엘의 미모를 보고 몰래몰래 사진을 찍었지만 유리엘은 그런 것 따위에 신경을 쓰지는 않았다.

NEO MODERN FANTASY STORY & ADVENTURE

현세귀환록

2장. 가족

강민이 지금 오르고 있는 곳은 좁은 골목을 이리저리 지나쳐서 수많은 계단을 켜켜이 올라가야 하는 소위 말하는 달동네였다.

지금도 하늘에 둥근 달이 떠올라 있었고 하늘아래 가장 가깝다는 이 달동네를 어루만지듯이 달빛으로 비추고 있었다.

한참을 계단을 올라가자 녹색 페인트가 군데군데 벗겨져 있는 작은 철문이 하나 있었다.

문 앞에 선 강민은 들어가지 않고 한참 동안 녹슨 철문과 여기저기 움푹 파여 있는 기둥을 어루만지고 있었다.

"여기 인가요, 민?"

"그래, 유리, 여기야."

이 세계로 돌아오며 가족들이 살아있다는 사실에 많은 생각을 했고 그것을 정리하였지만, 이렇게 한 걸음만 나선다면 가족을 만날 수 있다는 사실에 감회가 새로워져서 다시금 생각에 잠겨 있었다.

잠시간 생각에 잠겨있던 강민이 마음을 먹고 문을 열 때였다.

대문을 열고 강민의 한걸음을 내딛으려 할 때 중년의 한 여성이 쓰레기 봉투를 들고 현관문을 나서고 있었다.

서로에게 시선을 둔 둘은 잠시 마주보았다.

"누구…신…지?"

잠시 낯선이가 집에 들어온 것에 당황하던 그녀는 강민의 얼굴을 바라보다 경악한 듯 눈을 부릅떴다.

"너……너……너는!"

입으로는 말을 하려는데 속에서 잡아 당기는지 말을 잇지 못하는 그녀는 토하는 듯 뒷 말을 내뱉었다.

"민아! 민이 맞지? 민이 맞는 거지?"

"네, 어머니, 돌아왔습니다… 제가 민이 맞습니다."

"민아… 흐흐흑….민아 그동안…. 흑흑… 어디 있었던 거냐… 흑흑… 어디 있었어…. 이녀석아…."

울음이 터진 그녀는 강민에게 달려와서 껴안고는 울면서 말을 이었다.

"엄마! 무슨 일이야? 무슨 일 있어?"

마당의 소란에 트레이닝 복을 입은 귀엽게 생긴 얼굴의 보통 키의 아가씨 한명이 무슨 일인지 싶어 마당으로 나왔다. 강민의 여동생 강서영이었다.

한미애가 강민을 껴안고 울고 있는 모습에 잠깐 어리둥절하였다.

"엄마! 왜 그래? 저 사람은 누구고?"

"서영아! 흑흑… 네 오빠야 오빠. 민이 말이다. 민이…."

처음엔 울고있는 한미애만 보았지만 한미애의 말에 이내 강민의 얼굴을 확인하고 충격을 받은 듯 비척비척 둘에게로 걸어왔다.

"오빠? 오빠 맞아? 정말 오빠야?"

"그래 서영아. 오빠 맞아."

"으아아앙~~ 왜 이제 왔어 왜~! 우리가 얼마나 찾았는데! 얼마나 보고 싶었는데… 흑흑…."

"…그래… 나도 보고 싶었어……."

강민도 말을 잇지 못했다.

기억과 실질이 다르다는 유리엘의 말이 맞았다. 아무리 생생한 기억이라도 기억은 기억일 뿐이었다.

앞에서 느껴지는 목소리와 촉감과 감정은 기억 속에서 그대로 보고 느낄 수 있다고 하더라도 가슴에 다가오는 떨림의 크기가 달랐다.

한동안 부둥켜안고 울음을 멈추지 못했던 모녀는 강민의 옆에서 따뜻한 미소로 그들을 바라보고 있는 유리엘을 볼 수 있었다.

"민아. 이 분은 누구신지? 너랑 함께 오신 분 맞지?"

"네. 어머니 소개가 늦었습니다. 저랑 평생을 같이 할 유리라고 합니다."

"안녕하세요. 어머님. 김유리라고 합니다."

"어… 어머님? 민…민아. 평생을 같이 한다는 건 결혼을 한 사이라는 말이야?"

"네. 어머니. 당연히 말씀을 드려야 하는 일이지만… 제 상황이 그렇지 못했습니다. 죄송합니다."

"어… 어떻게… 아니… 이렇게 아니라 일단 들어가서 이야기 하자꾸나."

"네. 어머니."

❖

일행은 방으로 들어왔는데 방은 부엌 겸 현관이 하나 있는 전형적인 판자촌의 작은 쪽방이었다. 쪽방 안에 4명이 들어가자 방은 꽉 찬 느낌이 들었다.

"누추하지만 이리로 오세요. 아가씨."

"유리라고 불러주세요. 어머님."

"흠흠… 아직 내가 아가씨를 잘 몰라서…."

말끝을 흐린 한미애는 강민을 바라보고 물었다.

"민아 대체 어떻게 된거냐? 10년간 어디에 있었고. 저 아가씨는 어떻게 만난 거야? 이야기 좀 해봐라."

"그래 오빠! 나도 궁금해 죽겠어! 우리가 그동안 오빠를 얼마나 찾은 줄 알아? 아빠 그렇게 되시고 난 다음에 오빠까지 없어져 버려서 엄마랑 나는 정말 어찌할 바를 몰랐었다구…."

말하다 보니 다시 그때의 생각이 나는지 강서영은 말을 끝내지 못하고 울음이 울컥 터져 나오려는 것을 꾹 참았다.

"…그 때… 내가 사라졌던 건 내 의지가 아니었어. 그 곳은…. 돌아올 수 없는 곳이었지…. 그리고 살아남기는 더 힘든 곳이었고…."

잠시 카이우스의 고문이 떠올랐다. 영혼의 힘, 영력을 시험한다는 명목 하에 인간으로서 아니 신이라도 해도 이겨낼 수 없는 그 고문이, 수천 년간의 그 고문이 강민의 머릿속을 잠시 스쳐 지나갔다.

"어디 납치라도 된 거였어? 오빠가 왜? 좀 자세하게 이야기 해주면 안 돼?"

"믿을 수 없는 이야기 일 거야. 그냥 사정이 있었다고 오빠를 이해해 주면 안 되겠니? 오빠도 무척이나 돌아오고 싶었지만 돌아올 수 없었단다… 언젠가 기회가 된다면 오빠가 알려줄 테니 당분간 좀 참아주렴….”

강민이 강서영의 머리를 쓰다듬으며 다소 처연한 목소리로 말했다.

사실 강민은 실종과 귀환에 대해서 얼마든지 꾸며서 설명할 수 있었다. 하다못해 납치 된 후 새우잡이에 팔려갔다는 시나리오로만해도 충분히 한미애와 강서영이 납득할 만한 이야기를 풀어갈 수 있었다.

하지만 강민은 그러지 않았다. 지금 당장은 아니겠지만 마나 기반의 이면의 세계가 있는 이상, 대부분의 힘은 숨겼지만 강민이 힘이 있다는 것을 알고 있는 이상, 그리고 가족들을 [보호]하는 이상 언젠가 강민의 힘은 드러날 것이고 결국은 어떤 방식으로든지 설명을 해야 할 것이다.

강민의 분위기와 목소리에 한미애와 강서영은 더 이상 실종에 대해서 물어볼 수가 없었다.

잠시 머뭇거리던 한미애는 다시 강민에게 물었다.

“그럼 저 아가씨는 누구시니? 예사 분은 아닌 것 같은데… 그리고 아까 결혼했다고 했니?”

“그래 오빠. 저 연예인 뺨치게 생긴 언니는 누구야?”

“유리 때문에 내가 그 지옥에서 살아남을 수 있었단다. 유리는 내 영혼의 반려자야. 유리가 없었다면 난 결코 여기까지 오지 못 했을거야."

한미애는 아들의 생명의 은인이자 다시 집으로 올 수 있
게 했다는 사실에 호의적인 눈으로 다시금 유리엘을 보았
다.

"그럼 결혼도?"

"네, 어머니. 결혼식 같은 건 하지 않았지만 분명 유리
는 제 친구이자 연인이자, 아내이지요."

강민이 유리엘을 손을 잡으며 분명하게 말했다. 유리엘
도 강민의 손을 따스하게 감싸면서 예의 그 온화한 미소를
지었다.

"아가씨, 김유리라고 했던가?"

"네, 어머님. 그냥 유리라고 부르세요."

"그건 차차 그러기로 하고… 우리 민이의 말이 다 사실
인가요?"

강민의 옆에 가만히 앉아 강민의 말에 미소를 띠우고 있
는 것만으로 다 알 수 있었지만 한미애는 다시금 확인하였
다.

"네. 민의 말은 다 사실입니다. 저이는 우리는 영혼의
반려지요."

"유리씨는 우리 민이를 어떻게 만나게 된 거죠?"

"민은 제가 민을 구했다고 생각하지만, 저는 민이 절 구
했다고 생각하고 있어요."

유리엘의 말에 잠깐 갸웃거리던 한미애는 둘 사이가 심상치 않음을, 그리고 아들을 구했고 집까지 데려옴에 둘 사이를 인정하고 한국 어머니들의 통상적인 질문을 시작했다.

"유리씨는 혹시 양친이 계시는가요?"

유리엘은 잠시 슬픈 표정을 하더니 대답했다.

"아니요. 오래전에. 아주 오래전에 돌아가셨어요."

"아. 그래요. 제가 괜한 것을 물었네요."

"아니에요. 궁금하신 건 얼마든지 물어보세요."

한동안 한미애와 강서영의 질문공세에 시달렸지만 유리엘은 아름다운 미소를 잃지 않고 이계와 관련된 질문들을 제외하고는 나머지 질문에는 충실하게 답하였다.

얼마의 시간이 지났을까?

서로 간에 궁금한 점을 이야기 하다보니 강민이 들어 올 때만 해도 밝았던 하늘이 어느샌가 어둑어둑해져 있었다.

"에그머니나. 일 나가야 할 시간인데."

"엄마, 오늘은 쉬면 안 돼? 10년만에 오빠가 돌아왔는데 오늘까지 일 가야겠어?"

"그래도 미리 말한게 아니라… 지금 말하면 반장이 길길이 날뛸 텐데… 에휴. 그래도 오늘 아들이 온 날인데 욕을 먹더라도 전화해서 쉰다고 해야겠어. 아프다고 해야겠

네. 몸이 안 좋다는데 하루 봐주겠지.“

"어머니 무슨 일인가요?"

"작은 식품공장에서 일하고 있어. 아들은 걱정 마 서영이가 과외도 해서 그렇게 어렵게 살고 있지 않아요."

한미애의 애써 밝은 목소리에도 그녀의 거친 손을 바라본 강민은 착잡한 기분이 들었다.

'과연 내가 여기 남아 있었다면 어머니와 서영이가 이렇게 살고 있었을까?'

모를 일이다. 지금이야 강민이 세상을 아래로 보는 무력과 금력을 가지고 있지만 만일 망한 집안의 고학생으로 살았다면 얼마나 더 잘 살 수 있었을까?

이를 알면서도 어머니의 고생에 기분이 착찹해지는 것까지는 막을 수가 없었다.

"어머니, 일은 그만하셔도 됩니다. 그리고 내일 제가 우리가 살 집을 알아볼테니 같이 가세요."

"일을 그만 하라고? 집은 또 무슨 이야기니?"

"어머니, 저 돈 많으니까 걱정 마세요."

"돈? 네가 무슨… 아… 이것도 네가 실종 된 것과 관련된 거니?"

"그래요. 어머니."

"……민아. 지금은 네 말을 듣고 기다릴께. 하지만 언젠가는 말해줘야 해. 엄마는 널 믿는다."

"네. 언젠가 때가 오면 알려드릴 날이 올 꺼에요."

물론 그 때도 차원이동과 영혼 고문 같은 이야기는 할 수 없을 것이다. 다만 이능의 세계에 대해서 언급하면서 어느 정도의 설명은 할 수 있을 것이라 생각했다.

"오빠 돈 많아? 집을 사라고 할 정도면 좀 있는 것 같은데… 아. 집을 사면 이제 그놈들한테 시달리는 일은 없겠다~ 에휴~"

"그 놈들?"

"있어. 조폭 같은 놈들. 여기가 무슨 재개발지구니 뭐다 해서 아파트 올릴 거라 주민들을 내쫓으려 한데."

대충 감이 왔다. 다른 차원에서도 비일비재한 일이었다. 힘이 있는 자들이, 돈이 있는 자들이 더 많은 돈과 힘을 쥐기 위해서 약한 사람, 없는 사람을 쥐어짜내는 일. 몇 백, 몇 천 번을 보았던 일이었다.

"세달 전부터 심해지고 있는데 이젠 밤길 다니기가 무섭다니까? 얼마 전엔 저 아랫집에선 강도를 당했다는 말도 있고, 저 위에 아가씨는 험한 일도 당할 뻔했는데 인근에 청년이 지나가는 길에 도와줘서 살았다고 하더라구. 사람들은 쉬쉬하는데 어쩌면 그 조폭들이 주민들 몰아내려고 벌인 일이 아닌가 하는 말도 있어. 경찰한테도 연락했는데 한동안 형식적으로 순찰만 두어번 더 돌더니 지금은 또 감감무소식이야."

"그래, 이제 민이 너도 왔으니 우리가 더 이상 이 동네에 있을 이유가 없겠구나. 그간 모은 돈은 얼마 안되지만 민이 네 도움 없이도 시내에 반지하 방 정도는 구할 수 있을 거야."

"아니에요 어머니, 돈은 신경 쓰지 마시고 사시고 싶은 데서 사시면 되요."

"오빠. 얼마나 있길래 그렇게 말하는 거야? 엄마가 갤러리아팰리스 같은데 말하면 어쩌려고."

갤러리아팰리스는 서울에서 비싸다고 이름 난 아파트 중 하나로 80평형대가 50억 넘게 팔렸다는 기사도 났었다.

물론 상류층들만 거주하는 거주지는 이런 돈이 우습게 느껴질 만큼 상상을 초월하는 가격이겠지만, 강서영은 알 수 없었기에 일반인의 시각에서 가장 비싸다는 아파트의 이름을 말했다.

"어머니께서 살고 싶다 하시면 그리로 가자."

"뭐라고? 대체 얼마나 돈이 많길래 그런 소리 하는 거야? 거긴 50억이 넘는다구 50억!"

첫 달 품위유지비가 들어왔을 테니 강민과 유리엘에게는 20억의 현금이 있었다. 하지만 연간 240억까지 한도를 사용할 수 있었기에 전혀 문제가 없었고 이런 품위 유지비가 없다 하더라도 유리엘의 아공간에 있는 황금을 조금만 꺼내 팔아도 될 일이었다.

"서영아. 걱정 말고 오빠 하자는 대로 하자. 나중에. 나중에 오빠가 설명해줄게."

"지금 해주면 안되는 거야? 혹시 나쁜 일로 생긴 돈은 아니지?"

"나쁜 일은 무슨. 다 좋은 일로 번 거야. 걱정 마."

강서영은 걱정스러운 눈빛을 하며 강민을 바라보았다.

스스로 판단하기에 옳으면 행하였고 그에 대한 책임도 스스로 지면 되는, 그런 삶을 살아왔기에 강민에게 일반적인 선과 악의 구분은 구애받을 대상이 아니었다.

"민아 엄마는 그런 집까진 필요 없어. 할 수 있다면 예전에 아버지와 함께 살았던 그 집을 다시 찾고 싶구나."

그 집은 강민의 아버지 강철수가 사업이 어느 정도 궤도에 올랐을 때 구매한 집으로 작은 마당이 딸린 2층짜리 주택이었다.

그 곳에서 강민과 강서영도 어린 시절을 보냈기에 가족에게 의미가 큰 집이었다.

"네, 저도 어머니께서 특별히 가시고 싶은 곳이 없으시면 그리로 모시려고 했어요. 내일 그 근방 부동산을 찾아가서 알아볼께요."

"그런데 지금 사는 사람이 팔지 않겠다고 하면 어쩌니?"

"너무 걱정 마세요. 다 잘 될 거에요."

강민은 웃돈을 줘서라도 그 집을 사야겠다는 마음을 먹으며 한미애에게 미소를 지었다.

한미애는 강민의 부드러운 미소에 한풀 걱정이 꺾였지만, 마음속 한편으로는 강민이 밝히지 않는 과거에 대한 생각을 계속 하고 있었다.

'대체 무슨 일을 겪었길래…. 네가 어디서 무슨 일을 했든…이제 다시는 우리를 떠나가지 마라 내 아들아….'

그간 아르바이트다 과외다 가난한 고학생의 전형이었던 22살 대학생인 강서영도 신이 나서 외쳤다.

"얏호 새 집이라니! 신난다~"

하지만 강서영도 마음속으로는 행여 강민이 다시 떠나지 않을까라는 고민을 하고 있었다.

'오빠. 이젠 어디 가지 말고 우리 곁에 있어서. 우리 너무 힘들었어. 엄마와 나와 함께 해줘 오빠….'

❖

4명이 자기엔 좁은 집이었지만 가족들은 개의치 않았다.

특히 한미애는 유리엘에게 미안해 했는데 유리엘은 괜찮다는 미소를 지으며 강민의 옆에 자리를 했고 이를 본

현세귀환록 75

한미애는 유리엘을 기꺼워 했다.

강민과 유리엘이 잠든 것처럼 보이자 한미애는 딸 서영에게 속삭이듯 말했다.

"대체 네 오빠가 10년간 무슨일을 겪었을까? 무슨 일이길래 말을 하지 않으려는 건지…."

"글쎄, 혹시 염전노예나 새우잡이 배같은데 팔려간 거아냐? 전에 뉴스 보니까 사람들 막 납치해서 외딴 섬에 팔거나 원양어선에 판다고 하던데…."

"그렇게 생각하면 그 많은 돈은 설명이 안되잖아."

"아. 혹시 전쟁용병 같은건 아녔을까? 전에 영화에서 보니 어린아이들 잡아서 전쟁 용병으로 키운다던데.

그런 용병은 돈도 많이 번데. 오빠가 나이가 차서 이제그만 보내준건 아닐까?"

"설마 그런 무서운 일을 했을 리가… 나중에 네 오빠가설명해 주겠지… 어려서부터 강단이 있는 아이였으니 언제고 결심이 서면 알려줄 거야 아마."

"그래. 엄마도 너무 물어보지마. 아까 오빠 표정보니까안 좋더라. 안 좋은 기억이 많았나봐."

"그래 알겠어. 내일도 과외해야 할건데 얼른 자."

"그래 엄마도 잘자."

한미애와 강서영의 대화를 한참 듣고 있던 강민은 속으로 쓴웃음을 지었다.

'이제 떠나지 않을께요. 어머니. 서영아. "

✣

날이 밝고 점심무렵이 되자 강서영은 과외를 간다고 집을 나섰다.

방학 중이라 학기 중에 비해 과외를 2개나 늘렸기에 방학임에도 불구하고 강서영은 꽤나 빠듯한 일정으로 움직였다.

강서영의 학교는 국내 대학 중 최고의 대학이라 알려져 있는 국립 한국대학교였다.

당시 수능을 쳤을 때 강서영의 선택은 4년 장학금을 받는 대학, 그 중에서도 서울에 있는 대학이 아니면 선택의 여지가 없었다.

한미애 혼자 버는 돈으로는 둘의 생활도 빠듯한 상황이었기에 언감생심 대학교 등록금을 말할 수도 없었다.

아무리 아르바이트를 한다고 해도 대학교 학비는 단순한 아르바이트로는 메울 수 없는 큰 금액이었다.

그래서 꽤 잘친 수능점수에도 4년 전액 장학금을 지급하는 대학으로만 찾으니 상대적으로 선택의 폭이 좁았다.

그때 강서영의 친구랑 이야기 하다가 한 가닥 희망을 발견했다.

집이 꽤 잘사는 친구는 고등학교 3년 내내 과외를 해왔고 과외비를 사람마다 다르지만 보통 한달에 30~50만원에서 실력에 따라서는 100만원까지도 준다고 했다.

과외 시간을 대충 계산해보니 좀 무리하면 4명에서 6명까지는 할 수 있을 것 같았다. 만약 그룹과외라도 잡는다면 인당 단가는 낮아지겠지만 시간당 단가는 올라갈 수도 있을 것이다.

한 달에 4명만 해도 최소 백이삼십만원은 벌 수 있을거고, 행여 그룹과외 같은 걸 잡는다면 한달에 이백만원도 더 벌 수 있을거라 생각했다.

그 정도 돈이면 학비를 댈 수 있을 수도 있을 것이고, 생활비도 다소간 보탤 수 있다는 판단이 들었다.

과외 교사의 실력은 향후 학생을 가르치는데 달려있지만 일단 면접은 학벌이었다.

만약 강서영이 한국대에 입학한다면 국내 최고의 한국대라는 타이틀은 강서영의 과외 면접에 큰 도움을 줄 수 있었다.

그래서 강서영은 4년 장학금을 포기하고 한국대를 지원했다. 비록 갈수 있는 과가 한국대에서도 비주류에 속하는 과였지만 말이다.

그 후 강서영은 과외만으로 학비와 용돈을 할 뿐만 아니라 집의 생활비도 도와주고 있었다.

오늘도 과외를 하고 밤늦게 온다고 너무 걱정 말라며 집을 나서는 강서영에게 강민은 말했다.

"앞으로는 오빠가 용돈을 줄 테니까 과외해서 돈버는 것보다, 학교 공부에 충실하렴."

"오빠. 나 전문 과외강사 해서 돈 많이 벌 거야. 그게 어지간한 월급쟁이보단 낫다하더라."

"그게 네가 진정하고 싶은 일이니? 돈을 생각하지 않는다면 뭘 하고 싶은지 생각해봐. 오빠가 도와줄 테니까."

"진정으로 하고 싶은 일?"

"그래 진정으로 하고 싶은 일, 돈 많이 벌려고 하는 과외강사같은거 말고 네가 하고 싶은일 말야. 그런 의미에서 이제부터 과외도 안했으면 좋겠어."

"음…. 일단 좀 생각해볼게. 어차피 6개는 무리라 좀 줄이려고 하고 있긴 했어. 헤헷. 그럼 나 간다. 나중에 봐."

강서영이 나가고 한미애는 이제 일을 그만하겠다는 통보를 회사에 하였다.

어차피 계약직이었고 재계약 때마다 어떻게든 인력을 줄이려고 하는 회사였기에 한미애의 퇴사 통보에 크게 괘념치 않았고, 순조롭게 퇴사처리에 동의했다.

회사까지 정리한 한미애는 강민, 유리엘과 함께 예전에 살던 집을 보러 나왔다.

[유리, 조치는 다 취해뒀지?]

[민, 벌써 유리엘보다는 유리가 더 익숙한 거에요? 호
호. 네 일단 간단한 조치는 취해뒀어요. 마스터급 이상의
공격이 아니라면 굳이 우려할 것 없을 거에요.

나중에 공방이 만들어지면 마스터급 공격에도 버틸만한
조치를 할테니 너무 걱정마세요.]

[그래 유리, [은둔]보다는 [보호]가 우선이니 좀 드러난
다해도 [보호]를 철저히 해줘.]

[그래요. 민. 걱정말아요.]

얼마 걸리지 않아서 일행은 옛날 살던 집에 도착했다.

굳게 닫혀있는 대문 앞에서 한미애는 말을 잇지 못하고
한참 동안이나 서 있다가, 강민이 그만 가자고 할 무렵 두
눈에서 한줄기 눈물이 흘러 내렸다.

'이 집을 떠나올 때만 하더라도 다시는 여기에 못 올 줄
알았는데….'

한미애의 심정이 이해가 갔는지 강민도 한미애가 마음
을 가라앉힐 때까지 좀 더 기다렸다.

조금의 시간이 더 지나자 한미애도 진정했는지 충혈된
눈으로 강민에게 말했다.

"민아. 이제 부동산으로 가보자. 매물로 나왔으면 좋으
련만…"

"아. 그 집은 매물로 나온 집이 아닙니다. 대신 그 옆집은 어떠신가요? 그 집보다 정원도 크고 건평도 더 넓은데 말이죠. 집주인이 급매로 내놓은 거라 가격도 괜찮답니다. 못해도 20억은 받을 만한 집인데 지금은 16억이면 살 수 있을 겁니다."

"그런데 아까 우리가 처음 본 집 같은 경우는 시세가 얼마나 하는가요?"

"주택시세는 아파트랑 다릅니다. 사고 파는 타이밍이 맞아야죠. 주택은 일반적으로 거래가 잘 안되기 때문에 싸게 산다면 시세의 60~70% 선에도 매매되는 경우도 있지만 팔지 않는다면 뭐 시세보다 웃돈을 주어도 사기 힘든 경우도 많죠. 뭐 평창동, 성북동의 고급주택촌 같은 경우에는 인근 주민들이 들어오는 사람을 가린다는 말도 있지만 여긴 뭐 그 정도는 아니니 그럴 일은 없지요. 처음 그 집 같은 경우는 잘 받으면 12~13억 정도 할까요? 전 주인이 10억에 사서 들어왔다는 것 같은데…. 여튼 아까 제가 보여드린 주택이 여기서는 아마 베스트 일 겁니다. 다른 곳 가봐도 마찬가지에요. 여기서 매매하신다면 제가 복비는 조금 빼주리다."

"그 처음 집에서 예전에 살았던 사람입니다. 예전 아버지 사업에 실패한 이후 집을 넘겼는데, 지금 형편이 괜찮아져서 꼭 되사고 싶습니다. 일단 사장님이 말씀하신 그 집 제가 사지요. 우선 그리로 이사를 가겠습니다. 그리고 제가 처음 말했던 123-1 번지 집 주인께 사장님이 말 좀 전해주십시오. 그 집을 20억에 사겠다고 말입니다. 언제 구매했는지는 모르겠지만 매입가의 두 배라면 섭섭지 않을 겁니다."

강민의 말에 한미애는 강민을 말리며 말했다.

"민아… 그렇게까지 할 필요가 있겠니? 지금 이 사장님이 말씀하신 집도 좋아보이고 오히려 넓다고 하니 그쪽으로 가는게 좋지 않겠니?"

"만약 지금 주인이 끝끝내 안 팔겠다고 하면 어쩔 수 없지만, 그게 아니라면 시도는 해봐야 하지 않겠어요? 우리 추억이 있는 집인데 말이에요."

"그치만 돈이…."

"돈 걱정은 하지 마시래두요."

통큰 강민의 결정에 부동산 사장은 잠시 당황했다.

'젊어 보이는데 몇 십억의 돈을 이리 쉽게 써? 로또에라도 걸렸나? 아니 요즘 로또는 일등이 일이십억 밖에 하지 않자나? 여튼 복비만 해도 얼마냐? 흐흐!'

"알겠습니다. 젊은 사장님이 시원시원 하시네. 내 그 집 주인에게 꼭 전해드리리다. 그럼 123-2번지의 저 집은 언제 입주하실 예정이오? 아. 일단 집부터 봐야겠죠? 집주인이 외국으로 나가서 지금 빈집이고 내가 열쇠를 들고 있으니 대금결제 후에 간단한 입주청소만 하면 언제든지 입주가 가능합니다."

"아. 그래요? 그럼 지금 전액 납입하면 오늘부터 살아도 된다는 겁니까?"

"네? 아 물론 그래도 되지만. 빈 집이 된지 몇 달 되니 청소하는데만 해도 하루는 걸릴거요. 그리고 가재도구나 가전제품 같은 것도 없어서 지금 당장 살기에는 좀 불편하실 것 같은데…."

"그것도 그렇군요. 일단 알겠습니다. 계약금 2억을 입금해 드릴테니 계좌 불러 주시구요. 입주청소업체 연락해서 청소 좀 부탁드리겠습니다. 잔금은 삼일 뒤 입주일날 다 치르겠습니다. 복비는 두둑하게 드릴테니 신경 좀 써주시면 감사하겠습니다."

"아드님 참 잘 두셨수. 돈도 돈이지만 일도 똑부러지는구만."

부동산 사장의 말에 한미애는 저절로 미소가 지어졌다.

"어머니, 일단 백화점에 들러서 가구하고 가전제품부터 사야겠네요."

"그… 그래…."

일사천리로 진행되는 일에 한미애는 약간 당황했지만 아들이 능력이 생겼다는데 기분 나쁠 부모는 없었다.

집구경에 백화점에 들러 가전과 가구까지 다 주문을 하고 집에 들어오자 이미 밤이 되어버렸다.

"정말 정신없는 하루였네."

"그러게요. 어머니. 힘 안드세요?"

"우리 집 생기고 우리 집에 가구 넣는 일인데 몸은 힘들어도 마음은 힘들지 않지. 호호호. 유리씨도 괜찮아요? 하루 종일 우리 따라 다닌다고 힘들었을텐데."

"말씀 편하게 하시래두요. 어머님. 전 괜찮아요. 하루 이틀 민을 따라다닌 것도 아닌데요 뭘."

"그… 그래요?"

단순 연인 사이가 아니라 둘 사이에 무언가가 더 있다는 것을 한미애도 눈치를 챘지만 더 이상 물어보지 않았다.

"어머니, 이제 힘든 시간은 끝났습니다. 제가 돌아온 이상 예전만큼, 아니 예전보다 더 행복하게 만들어 드릴께요. 어머니도 서영이도요. 약속드려요."

"난 네가 돌아온 것만 해도 하늘에 감사드리고 있단다. 네가 능력이 된다고 하니 더 이상은 말리지 않겠지만. 결코 무리하지는 말거라. 돈 조금 없어도 우리 세 가족 아니 이제 유리씨까지면 네 가족이지 먹고 사는데 지장 없어요. 그러니 절대 무리하지마라. 또 네가 어딘가 가버린다면 엄마는 더 이상은 버틸 수가 없을 거야."

남편이 하늘나라로 간 이후에도 사고 수습을 하고 보험금 빚을 처리하고 작은 방이나마 이 달동네 방을 구해온건 강민이었다.

고등학교 2학년의 어린나이일 때지만 조숙했던 강민은 남편의 사망으로 정신이 없는 한미애를 대신하여 갖은 일을 다 처리했었다.

생활비를 벌어보겠다고 신문 배달을 시작한지 삼개월만에 아들이 실종되어 한미애는 강서영이 없었다면 어쩌면 스스로 세상을 떠났을지도 몰랐다.

한참 이야기를 하고 있는데 유리엘이 강민에게 심어를 하였다.

[민. 서영이한테 일이 생긴 것 같아요. 내가 가볼까요?]

[아냐. 내가 갈께. 저 녀석들 더러운 이야기를 하는군. 유리가 조치해놨다고 했으니 당장은 문제가 없을테지만…. 여튼 내가 가볼테니 유리는 어머니랑 같이 좀 있어줘.]

[그래요. 얼른 갔다 와요. 누군지 몰라도 불쌍하네요. 민의 가족을 건드리다니. 후훗.]

한미애에게 화장실을 간다고 방을 나온 강민은 순식간에 사라졌다.

"여~ 아가씨 같이 좀 놀자고~ 너무 빼지 말고~"

"왜… 왜 이러세요!"

"앙탈은~ 같이 좀 놉시다. 뻑뻑하게 굴지 말고~"

양복을 입은 깍두기 머리 덩치 두 명이 강서영이 올라가
는 계단의 초입을 가로막고 있었다. 딱 봐도 조폭, 조직폭
력배라는 것을 알 수 있었다.

"내 말 맞지? 이쁘지? 내 여기 근처 왔다갔다하며 일 처
리 하는데 이 동네에서 이년만큼 이쁜 년은 없다더라니
까."

"크크 그렇네. 여기까지 왔으니 니가 먹고 나면 나도 한
번 하자."

"크. 짜식 오자고할 땐 빼더니 크큭. 그래 여튼 나 먼저
먹어보고. 크크큭."

조폭들의 대화에 강서영은 이 조폭들이 자신을 노리고
온 것임을 알 수 있었다. 그것도 최악의 상황을 가정해야
할 듯 했다.

"서영아 잠시 쉬고 있으렴."

강서영의 주위에 쳐진 막에도 아랑곳 않고 그녀의 뒤쪽
에서 나타난 강민은 강서영의 수혈을 짚어 잠이 들게 만들
었다. 그리고는 한걸음 나와 막을 벗어났다.

갑자기 나타난 강민에 조폭들은 흠칫 했지만, 혼자에 불과하다는 생각에 이내 호기롭게 말했다.

"넌 누구냐? 그년 서방이라도 되는 거야?!"

"너흰 건들이지 말아야 할 사람을 건드렸어."

"무슨 좆같은 소리야 씨바. 야! 쳐!"

심상치 않은 분위기의 강민에게 기세가 눌린 조금 키 작은 조폭은 키 큰 조폭에게 외치며 강민에게 덤벼들었다.

손짓 한번이었다. 강민의 손짓 한 번에 둘은 계단 벽에 쳐 박혀 버렸다.

아직 기절하진 않았는지 신음을 내뱉으며 일어서려고 힘을 주고 있었다.

"너무 약했군."

후덜거리는 키 큰 조폭에 비해서 키 작은 조폭은 깡이 있는지 억지로 일어났다.

"이 자식! 뭐야! 이건!"

손이 닿지도 않았다. 주먹을 맞고 뼈가 부러지고 칼을 맞아 살이 뚫리는 건 이해할 수 있는 상황이다.

그렇지만 손도 닿지 않았는데 단순한 손짓에 두 명이 날아가서 벽에 쳐박히는 상황은 이해할 수 없는 상황인 것이다. 그리고 아직 공포를 느끼기엔 너무 멀쩡했다.

"죽어. 새끼야!"

아직 공포는 느끼지 못했지만 분노는 치밀었다.

품속에 있는 사시미 칼을 꺼내든 키 작은 조폭을 강민에게 뛰어들며 칼을 휘둘렀다.

"칼? 살의? 이렇게 쉽게 살의를 품는 녀석이라. 살 가치가 없겠군. 어차피 서영이에게 그런 마음을 먹은 것만으로도 너희들은 죽은 목숨이지만."

잠시 중얼거린 강민은 칼을 휘두르는 조폭을 향해 다시금 손을 휘둘렀다. 조금 전엔 손등으로 휘둘렀다면 이번엔 손날을 휘돌렸다.

쉭~! 데구르르르~ 털썩~

키 큰 조폭이 눈이 찢어져라 부릅뜨면서 경악하였다. 키 작은 조폭의 머리통과 몸통이 분리 된 것이었다.

머리통이 잘린 단면은 불에 탄 것과 같은 모습이었는데 그 때문인지 피 한방울 나오지도 않았다.

키 큰 조폭은 아무 말도 못 한 채로 서 있다 강민의 물음에 허둥지둥 대며 말했다.

"어디서 온 놈이냐?"

"예? 예. 저는 경동실업에서 나왔습니다요."

"경동실업? 철거용역이 너희들이군. 너희 일은 잘 몰라. 다만 너희는 건드려선 안 되는 사람을 건드렸다."

"하… 한 번만 살려주십시오. 제발!"

키 큰 조폭은 키 작은 조폭이 그렇게 당하는 것을 목격하고 공포에 몸이 잠식되어 있었다.

"난 그렇게 자비로운 사람은 아니지. 특히 너 같은 쓰레기에게는."

강민은 말과 함께 손을 휘둘러 조폭을 문자 그대로 '지워' 냈다. 조폭이 있던 흔적조차 사라진 것이었다.

강민은 다시금 손을 휘둘러 시체마저 지웠다. 시체가 있던 자리에는 바람만 남아 있었다.

마음 같아선 본거지를 찾아가서 뒤집어 버리고 싶었지만, 이 녀석들은 꼬리일 것이다.

이 녀석들이 몸담고 있는 곳조차 꼬리일 것이고, 그 위로 수차례의 꼬리를 더 잘라내야 할 것이다.

이능이 이면에 있는 세계에서는 그 정점에는 분명 이능과 관련된 인물이 있을 것이고 그까지 처리하고 나면 결국 스스로가 뒷배가 되거나 마음에 드는 하수인을 세워야 했다.

그 과정에서 강민과 유리엘이 드러날 가능성이 높았고 결정적으로 그 과정에서 가족들이 드러나 일반적인 생활을 포기해야 할 수도 있었다.

충분히 가족들을 [보호]할 수 있었지만 그 과정에서 어머니와 동생의 일상 생활은 유지하기 힘들수도 있을 것이다. 그래서 아직은 그들과 엮이기 싫었다.

'또 엮이면 모르지. 두고 보자고.'

모든 걸 처리한 강민이 강서연을 깨웠다.

"오…오빠? 오빠가 어떻게 여기에….”

"비명소리를 듣고 뛰어 내려왔어.”

"아, 그 조폭들은? 어떻게 됐어? 오빠가 쫓아낸 거야?”

"그래 이 녀석아. 네가 기절하는 바람에 이 오빠가 꼭지가 돌아서 흠씬 패서 다시는 못 오게 했으니 너무 걱정마.”

"오빠~ 흐아아앙~”

강서영은 강민을 껴안으며 이제야 긴장이 풀렸는지 울음을 터트렸다.

"이제 삼일 뒤면 안전한 옛 집 근처로 이사 갈 테니까 걱정하지마. 그 때까진 내가 매일 데리러 나올게.”

"흐흐흑. 오빠 고마워. 흐흑.”

✣

강민 가족이 새 집으로 이사 온지도 일주일이 지났다.

이층 주택의 일층은 한미애와 강서영이 사용하고 이층은 강민과 유리엘이 사용하기로 하였다.

한미애는 십 년이 넘게 하던 일을 갑자기 끊으니 몸이 어색한지 도우미 아줌마를 고용하자는 강민의 말도 거절하고 연신 집안일을 만들어 했고, 강서영은 그런 한미애를 계속 말렸다.

강서영은 강민의 말을 듣고 과외를 끊는다고 말했는데 그 중 고3인 여학생 한명만 수능 때까지 봐주기로 하였다.

"민영이는 내가 꽤 좋게 봤던 학생이라 수능 때까진 해주고 싶어. 달에 30만원이라 다른 과외보다 금액은 적지만 그 아이도 나를 따르고 성적도 꽤 괜찮은 편이라 나중에 후배로 들어올 수도 있고 해서 민영이만 해줄게. 어차피 오빠가 용돈을 준다고 했으니 말야. 히힛."

"여튼 앞으로 서영이 네가 진정 하고 싶은 일을 찾아봐 오빠가 도와줄게."

"그래 고마워 오빠~"

강민은 유니온에 부탁해서 유니온 신분증 겸 블랙카드에 연계된 패밀리 카드 두장을 발급 받았다.

각각 1억 한도의 카드를 발급 받았는데 1억이라는 돈에 놀란 강서영과 한미애는 분실의 위험을 이야기하면서 한도를 줄여달라 하였고 결국 천만원 한도에서 합의를 보았다.

"오빠, 인터넷 찾아보니 이 카드 디멕스의 VIP 전용 카드라는데 이런 거 내가 써도 되는 거야?

"그래 괜찮으니까 얼마든지 쓰렴. 모자라면 오빠한테 말하면 한도 더 늘려줄게."

"한도는 됐구. 그럼 나 옷 한벌만 산다? 전부터 봐둔 원피스가 하나 있긴 한데 좀 비싸서 용돈 아끼고 있었거든."

"얼마든지 사. 걱정말구."

강민의 말에 강서영은 얼굴에 미소를 띠우며 익숙하게 인터넷 쇼핑을 찾아 들어갔다.

주소를 치고 익숙하게 옷을 고르는 창을 클릭하는 것이 그 옷 찾아 본 것이 한두번이 아닌 것 같았다.

이내 분홍빛 파스텔톤의 플레어 원피스 하나를 고른 강서영은 기쁜 표정으로 강민을 돌아보았다.

"이거야 오빠. 다음 달 과외비 받으면 살려고 했었는데 오빠 덕에 한 달 빨리 살 수 있겠다. 헤헷."

비싸다고 한 옷의 가격은 17만원이었다. 뒤에서 보고 있던 강민은 가슴 한구석이 아릿하게 쓰려왔다.

강서영은 22살의 풋풋한 대학생이지만 명품 가방, 옷은 커녕 웬만한 중저가 브랜드 옷 하나 없는 알뜰살뜰 짠순이였다.

옷도 늘 인터넷 쇼핑몰에서 저가의 옷만 구매했는데 5만 원 이상의 옷을 산적이 없었다.

한미애가 어떻게 돈을 버는 줄 알고 있기에, 자신의 등록금과 생활비를 다 마련해야 했기에 변변찮은 옷 하나에도 두번 세번 생각하면서 구매를 해왔던 것이다.

돈도 빽도 없는 힘없는 모녀 둘이서 세상을 살아나간다

는 건 이렇게나 힘겨웠었다.

그런 강서영에게 돈이 생겼다고 해도 펑펑 쓰는 건 아직 무리였다.

"뒤에 0이 한두 개 더 붙은 옷도 상관없으니 마음껏 사렴."

"0이 한두 개? 한 개면 백만이 두 개면 천만 원이 넘는 돈인데? 에이~ 그런 옷을 어떻게 사? 난 저거면 괜찮아."

강서영은 17만원 짜리 원피스에 너무도 좋아했다.

한미애도 일을 그만두었고, 강서영도 방학에다 과외를 1개로 줄여서 가족 간에 보내는 시간이 많았다.

강민은 가족과 함께하지 않는 시간은 주로 유리엘과 책을 읽었는데 인터넷으로의 정보는 논문 등의 정보를 제외하고는 피상적인 정보에 그치는 경우가 많아서 정치, 경제, 사회, 문화 등 각 방면으로의 책을 구매하여 읽었다.

"민아. 앞으로는 어떻게 할 생각이니?"

저녁 식사 후에 소파에 앉아 TV를 보며 다과를 즐기다 갑자기 한미애가 말을 꺼냈다.

아들과 함께한 일주일간의 행복한 시간이 지나자 한미애는 현실적인 문제가 떠올랐기 때문이었다.

사실 지금 강민은 가족들의 삶을 지켜주는 것 외에는 원하는 게 없었다.

어차피 길어야 100년인 인간의 삶, 어머니는 이미 50이 넘은 나이라 강민이 손쓰지 않는다면 앞으로 50년도 채 사시지 못할 가능성이 높았다.

몇 만 년을 살아온 강민은 이 짧은 행복을 놓치고 싶지 않았다. 하루하루가 소중했기에 별다른 일을 벌이고 싶지도 않았다.

하지만 한미애의 생각은 달랐다. 아니 일반인으로서는 당연한 생각이었다.

멀쩡한 아들이 집에서 빈둥빈둥 노는 모습을 어느 대한민국의 어머니가 그냥 두고 보겠는가?

물론 강민은 누군가처럼 취직을 하려고 애쓸 필요도 없고, 취직을 해서 돈을 모으려고 애쓸 필요도 없다. 뿐만 아니라 연예인 뺨치는 엄청난 외모의 배우자까지 이미 있는 상황이었다.

일반적인 강민 나이대의 남자가 취직준비에 아등바등하는 이유가 뭔가? 대부분 좋은 직장을 구하기 위해서 일 것이다.

좋은 직장을 구해야 상대적으로 많은 돈을 벌수 있을 것이고, 상대적으로 좀 더 나은 수준의 배우자를 고를 수 있을 것이다. 그리고 좀 더 나은 집을 살 수 있겠지.

결국 자아실현 등의 고차원적인 문제에 들어가지 않는다면 평범한 사람은 돈을 벌기 위해서 취직을 하는 것이다.

그런 의미에서 돈도, 배우자도, 집도 일반인이 꿈꾸는 모든 것을 이미 가진 강민은 그럴 필요가 없었던 것이었다.

그러나 한미애는 아들이 단지 집에서 놀고 먹는 것 보다 나가서 사회생활을 하길 바랬다.

어쩌면 우리 아들이 이렇게 잘났다는 자랑을 주위에 하고 싶었고 스스로 자부심을 갖고 싶었기 때문이었다.

단순히 비현실적으로 돈이 많다는 것 보다는 현실적으로 대기업에 다닌다는 게 말하기 편한 것도 한 몫 하였다.

한미애의 말에 강민이 잠시 생각을 가다듬었다. 한미애의 의도는 충분히 알 수 있었다. 일반인 사회에서 통하는 타이틀. 그것을 원하는 것이었다.

이능의 세계에서는 본신 능력의 백분지 일도 보이지도 않고 A+급의 강자라고 평가 받는 강민이지만, 일반인 세계에서는 고등학교 중퇴의 백수일 따름일 뿐이니까.

'물론 그 백수가 엄청난 부자지만. 하긴 그 부자인 것도 알려지지 않았으니 그냥 백수인가? 후훗!'

생각을 가다듬은 강민은 한미애가 원하는 일반인으로서의 타이틀을 갖기로 결정했다. 그 시작은 학벌이었다.

"어머니, 일단 고등학교 중퇴로 되어 있으니 검정고시부터 치고 수능을 쳐서 대학에 가도록 할께요. 대학에 간 이후는 그 때 생각해보죠 뭐 하하."

"대학교? 와~ 오빠도 우리학교 오면 좋겠다. 히히."

"한국대학교? 그래 그쪽으로 생각해볼게."

"그쪽으로 생각? 풋, 오빠 너무 쉽게 생각하는 거 아냐? 나름 우리나라 최고 대학이라구."

한국대가 국내 최고 대학이지만 강민이, 유리엘이 가고자 한다면 어렵지 않았다.

강민은 모든 것을 기억하는 그 능력을 차치하더라도 그랜드 마스터 이상의 경지에 있어 일반인과는 다른 암기력, 이해력, 통찰력 등을 가지고 있었고, 유리엘 또한 현재의 마법술식과는 다르지만 엄청난 수준의 마법사로 일반인이 범접할 수 없는 암기력과 이해력을 가지고 있었다.

문제는 27살에 수능을 치면 28살에 대학교 신입생인데 이는 신입생 치고는 많이 늦은 편이었다.

하지만 늦나는 기준도 졸업 후 취직이나, 결혼 같은 생애주기적 이벤트를 보았을 때 느린 것이지 그를 다 이뤄놓은 강민에게는 의미가 없었다.

실제로 여유가 있는 장년층이나 노년층에서는 취미삼아 대학을 다니는 경우도 있지 않은가.

하여간 대학을 간다는 강민의 말에 한미애는 반색하며 말했다.

"그럴래? 그래 나도 네가 아무리 유리씨가 있다 하더라도 고등학교도 졸업 못한 게 계속 걸려서…."

"학교가 중요한건 아니지만 어머니 말대로 고등학교 정
도는 졸업한 걸로 해야 나중에 사회생활이 편하겠죠."

"그래 잘 생각했다. 민아. 그럼 유리씨도 같이 할 거
야? 유리씨도 너랑 같이 있었다면 학교 졸업 못했을 건
데."

"네. 그렇게 하려구요."

"그래 말나온 김에 결혼식은 나중에 하더라도 너희 혼
인신고도 하고. 너희가 이미 부부관계라고 해도 법적으로
정리가 되지 않았으면 좋지 않게 보는 사람들도 있을 수
있어."

그간 고민을 많이 했는지 한미애가 강민과 유리엘의 결
혼이야기까지 했다.

"그래 오빠. 법적으로 결혼하면 부부지만 그냥 같이 살
면 동거라구 동거! 유리 언니를 아내로 생각한다면 혼인신
고도 해야지."

강서영도 이미 한미애와 이야기를 했는지 한미애를 거
들고 나왔다.

한미애와 강서영의 말에 강민과 유리엘은 서로를 바라
보았다. 그리고 서로 빙그레 웃었다.

강민과 유리엘은 법률혼 따위가 없더라도 그 누구보다
도 강한 연대를 가지고 있는 관계이다.

세상 어디에 있다고 해도 강민은 유리엘을 찾아낼 수 있었다. 유리엘 또한 마찬가지였다. 둘의 영혼은 하나라고 해도 과언이 아닐 정도로 서로가 서로에게 영향을 주고 받았다.

하지만 둘의 이러한 상황을 모르는 가족들은 충분히 생각할 수 있는 문제였기에 둘을 신경 써주는 가족에게 둘은 기분 좋은 미소를 띠었던 것이었다.

"유리 어떻게 생각해?

"뭘 어떻게 생각해요. 어머니께서도 그렇게 말하는데… 어차피 우리 부부잖아요. 뭐 혹시 걸리는 거 있어요? 호홋."

"뭐야 오빠 지금 망설이는 거야? 유리 언니 섭섭하게~!"

"아니 망설이는 게 아니라…."

"그!게! 망설이는거라고! 흥. 유리 언니. 우리 오빠 저런 사람인데 괜찮아요?"

"어쩌겠어요. 그게 제 복이면 어쩔 수 없죠. 호호호."

둘은 어느새 친해졌는지 서로 농담을 주고 받았고, 한미애와 강민을 그것을 흐뭇하게 바라 보다 말했다.

"그럼 혼인신고는 내일 제가 가서 하고 오겠습니다. 검정고시하고 수능 일정도 알아보구요."

"그래라. 결혼식은 대학 졸업하면 하든지 하자. 어차피 지금 상황에서 하객도 없을테니 식이 의미 있을 것 같지는 않구나. 여튼 엄마는 그간 사라졌던 우리 민이가 이렇게 커서 결혼까지 한다는게 믿기지가 않는구나⋯."

갑자기 감정이 북받치는지 한미애는 말을 제대로 끝맺지 못했다. 이를 본 강민이 슬며시 한미애를 안아 주었다.

이를 지켜보던 강서영이 속으로 생각했다.

'오빠, 돌아와줘서 고마워⋯.'

3장. 대학

NEO MODERN FANTASY STORY & ADVENTURE

현세귀환록

3장. 대학

검정고시는 8월초에 시험이 있었고, 합격자 발표는 8월 말이었다. 수능원서 접수 또한 8월말이었으니 올해 검정 고시를 보고 수능까지 볼 수 있는 여건이 되었다.

강민과 유리엘은 검정고시와 수능 공부를 한다는 명목 으로 도서관을 다녔는데, 검정고시는 별도로 공부할 것도 없었고 수능 역시 일주일 정도 공부하니 모르는 문제가 나 오지 않아서 도서관의 다른 책을 읽는데 시간을 쏟고 있었 다.

도서관은 강서영이 있는 한국대학교의 도서관이었다.

일행을 본 학생들은, 아니 유리엘을 본 학생들은 유리엘 에게서 눈을 떼지 못했는데 유리엘이 지나갈 때 앞을 보지 못하고 걸어가다 부딪히는 학생이 한둘이 아니었다.

오늘도 한 무리의 남자들이 지나가다 눈을 떼지 못하고 있었다.

"와 저기봐, 중도 여신 지나간다."

"대체 어느 과지? 연예인 데뷔해도 되겠는데?"

"저기 같이 다니는 여자애는 많이 본 것 같은데?"

"저 애 인문대에서 수업 같이 들은 거 같아. 불문과였던가?"

"아. 기억났다. 불문과 과외여왕 강서영! 맞아. 강서영이야."

사실 강서영도 학교에서 꽤나 인기가 있었다. 전교급의 외모는 아니었지만 단대에서는 꽤나 미인으로 알려져 있었고 실제로 남학들의 고백도 꽤나 받았다.

물론 강서영 스스로가 그럴 여유가 없다는 말로 단칼에 거절했지만 말이다.

"근데 저 남자는 누구지? 중도 여신이랑 친한 것 같은데?"

"너 오늘 처음 봤어? 중도여신 남친같아. 맨날 붙어다니더라구."

"윽, 말로만 들었는데 진짜 남친이야?"

"남친 아니라도 네 까짓게 중도여신에게 가까이나 갈수 있겠어?"

"뭐 그러는 너는!"

저 멀리 몇 무리의 남자들이 비슷한 말을 하고 있었고, 여학생들조차도 질투할 생각도 못하고 유리엘의 미모에 감탄하고 있었다.

유리엘은 가벼운 흰색 블라우스에 스키니 진 정도의 기본적인 옷차림이었는데 긴 검은 생머리와 잡티하나 없는 피부, 완벽하다고 할만한 얼굴, 170센티미터 이상의 늘씬한 키, 매력적인 볼륨감 덕분에 옷이 유리엘의 덕을 보는 듯 빛나는 선녀의 날개옷으로 보였다.

강민 또한 180센티미터 후반의 큰 키에 탄탄하게 균형잡힌 몸과 어디에 둬도 빠질만한 외모는 아니었지만, 유리엘의 옆에 있기에는 상대적으로 평범하게 보였다.

상당히 귀여운 얼굴의 강서영도 스스로의 외모에 자신감이 없는 것은 아니었지만 유리엘과 다니면서 상당히 자신감을 잃고 말았다.

"에휴. 유리 언니랑 다니면 내가 오징어가 되는 기분이야."

"우리 서영이도 충분히 예쁜 걸."

유리엘이 강서영의 볼을 살짝 꼬집으며 말했다.

"으으, 언니 눈에 내가 이쁘게 보일 리가 없어. 거짓말이야! 거짓말!"

"거짓말 아냐. 저기들 봐 서영일 보고 있는 남학생들이 얼마나 많아?"

"으, 언니, 저 눈들 안보여요? 다 언니 보는 거라구요.
흥. 앞으로 오빠 고생 좀 하겠어~ 저렇게 이쁜 언니를 보
고 어디 밖에 다닐 수나 있겠어?"

"밖에 못 다닐게 뭐야 우리는 서로만 보이는데. 후후."

"으윽. 이 닭살 커플! 어서 도서관으로 가버렷! 흥!"

"그래 서영이도 수업 잘 듣고 나중에 집에 갈 때 보자~"

유리엘이 손까지 흔들면서 강서영이 팩하고 뒤돌아가는
것을 배웅했다.

도서관에서도 그런 상황은 마찬가지였다.

뻔히 강민이 옆에서 계속 다녀 남자친구라는 것을 알 수
있을 테지만 알게 모르게 훔쳐보는 학생들은 너무 많았고,
잠깐 차 한잔 마시고 오노라면 유리엘이 앉았던 책상에 각
종 음료수들이 포스트잇과 함께 자리하고 있었다.

'공부 열심히 하세요~'

'이거 드시고 쉬엄쉬엄 하세요~'

'건강하세요~'

'태어나 줘서 고마워요~'

등등의 자신을 밝히지도 않는 메모는 애교 수준이었고,

'010-3XXX-4XXX, 연락만 주시면 제가 풀코스로 쏩
니다.'

'데이트 신청합니다~ 사진 보고 연락주세요. 제가 옆에 다니는 그 친구보다 낫지 않나요? 010-9XXX-6XXX.'

같은 같잖은 데이트 신청 메모도 있었다.

포스트잇은 그나마 무시하면 되었지만 가장 귀찮은 것은 직접 들이대는 것이었다.

오늘도 점심을 먹고 도서관으로 돌아오는데 꽤나 괜찮게 생긴 남학생 한명이 유리엘에게 말을 걸었다.

"저기, 혹시 잠깐 이야기 할 수 있을까요?"

"아뇨. 이야기 할 시간이 없는데요."

"잠깐이면 됩니다. 잠깐만요."

유리엘이 무시하고 지나가려고 하자 남학생은 유리엘의 팔을 잡아갔다.

하지만 남학생은 그 뜻을 이룰 수 없었다. 갑자기 오한이 들면서 온몸이 사시나무 떨리듯 떨려왔기 때문이었다.

남학생에게 약간의 기를 발출한 강민이 말했다.

"거기까지. 더 이상 귀찮게 하지 마라."

강민은 자연스럽게 하대를 하며 유리엘 앞으로 한걸음 나섰다.

존재감을 드러낸 강민은 더 이상 유리엘의 병풍이 아니었다. 자연스러운 위압감에 주위에 몰려 있던 학생들이 전부 한두걸음 물러났다.

학생들이 얼어있는 사이를 자연스럽게 빠져나온 강민과

유리엘은 다시 도서관으로 올라갔다.

"민, 지금이 방학이라 학생들이 별로 없어서 이정도지 개강하면 장난 아니겠는데요?"

"이게 다 유리가 너무 예뻐서 그런 거라고. 하하핫."

"이렇게 생긴 걸 어떡하겠어요? 호호."

"뭐 시간 지나면 다 익숙해질 테지만 역시 처음은 조금 귀찮네."

여기서만 그랬던 것은 아니었다. 과거 다른 차원에서는 유리엘의 미모를 탐낸 황제 때문에 한 제국을 멸하기도 하였으니 경국지색이라는 말이 딱 들어맞는 유리엘이었다.

어차피 절대적인 힘을 보이면 다 물러설 것이지만 아직은 [은둔]과 [적응]을 방침으로 하고 있기에 그럴 생각까지는 없었다.

"개강하면 더 소란스러워 질 것 같은데 당분간 다른 곳으로 갈까?"

"어차피 이 학교 학생이 되면 겪어야 할 일이잖아요."

"그렇긴 하지만 서영이가 좀 곤란한 것 같더라구. 입학을 하고 나면 자연스럽게 알려질 테지만 지금은 서영이 말고는 접점이 없으니 서영이만 곤욕을 치루더라구 후후."

사실 강서영은 몇몇 친구들한테 강민과 유리엘이 누구

냐는 질문에 시달리고 있었다. 방학이니 견딜만 했지만 개강을 하고 나면 더 심해질 가능성이 높았다.

그도 그럴 것이 강민과 유리엘은 강서영 말고는 학교에 아무런 접점이 없었기 때문이었다.

그래서 강민과 유리엘에 대한 질문은 다 강서영에게 들어왔는데 강서영 조차 강민이 10년 전에 실종 되었다 돌아온 오빠라는 사실 말고는 아는 것도 없었기에 대답이 곤란했다.

결국 외국에서 일하다 왔고 이제 학업을 시작한다는 납득할 만은 하지만 다소 궁색한 변명으로 강민과 유리엘을 설명하고 있는 실정이었다.

"그래요, 그럼 오늘 서영이에게 말해야겠네요."

"서영이도 유리랑 다니는 것을 좋아하니까 별 다른 말은 안했겠지만 상당히 곤란했었을거야."

"저보다 민이랑 다니는 걸 더 좋아하지 않았을까요?"

"아냐. 그 녀석 유리를 동경하는 것처럼 보이더라구. 일종의 롤모델처럼 본 건가? 후후."

"이 세계의 기준으로는 저는 그냥 무학의 백수 아닌가요? 호홋!"

"무학은 아니지 고등 검정고시 통과했으니 고졸이지, 그리고 미모는 여자에게 절대적이라고."

강서영은 유리엘과 같이 다니지 못한다는 사실에 아쉬

워 했지만 동시에 다행이라는 표정을 지었다.

"헤헷, 사실 개강하고 나면 어떡할까 엄청 걱정했거든. 언니의 미모가 워낙에 출중해서 말이지. 오빠는 좀 더 분발하라구!"

"무슨 분발?"

"자기 여자를 지키려는 분발 말야~ 우리 학교에도 연예인이나 재벌2세 같은 밖에서 잘나가는 사람들 엄청 많아. 특히 자유전공학부 애들은 아예 차세대 리더 전형인가 하는 기부금 입학으로 들어온 애들이라 집안이 빵빵하다고. 잘생긴 애들도 많으니까 오빠도 긴장해야 할껄?"

"우린 부부인데도 긴장해야해?"

"부…부이지만… 사… 사랑은 움직이는 거라고!"

강민의 마지막말에 강서영은 조금 당황했는지 말을 더듬었다.

"하하하. 그래 그래 알겠어. 오빠가 긴장할게."

강민은 강서영의 머리를 헝클어트리며 웃음기 띤 말투로 말했다.

"민이 어떻게 긴장하는지 저도 지켜볼께요. 호호호."

그렇게 강민과 유리엘은 한국대학교 도서관의 출입을 그만뒀고 한국대학교에서는 전설과 같은 괴담으로 유리엘이 남았다. 유리엘이 입학하기 전까지 말이다.

하반기 개강과 함께 각 과들은 개강총회를 가졌는데 자유전공학부의 개강총회는 매년 특별했다.

자유전공학부의 학생들이 대부분 재벌2세나 3세의 배경을 가지고 있었기 때문이다.

한국대학교는 국립대 중에서 가장 먼저 기부금 입학을 제도화 한 학교였다.

사립대 중에서는 기부금 입학을 시행한 학교가 있었는데 여론은 좋지 못했다. 학벌주의가 만연한 한국사회에서 돈이 많다는 이유만으로 학벌이 대물림되는 것을 일반 국민들은 당연히 분노하였다.

그래서 국립대는 언감생심 생각도 못하고 있던 사항이었다. 하지만 한국대의 저번 총장은 생각이 달랐다.

어차피 소수의 재벌들은 그들만의 방식으로 부를 독점하고 대물림한다. 한국의 대학교들이 기부금 입학을 막는다 할지라도 그들의 학벌이 대물림 되지 않는 것도 아니었다.

그런 재벌들은 기부금 입학이 쉬운 외국 대학교를 택하여 학력을 대물림한다. 오히려 일종의 국부 유출이라고 볼 수도 있는 것이었다.

그래서 한국대의 전 총장은 차세대 리더 입학전형과 자유전공 학부라는 것을 만들었다. 차세대 리더 전형으로 입학한 학생은 자유전공 학부에만 지원할 수 있었고 자유전공 학부는 정원이 별도로 없었다.

한 해에 몇 명의 기부금 입학생 생길지 몰랐기 때문이었다. 그리고 교수들은 암묵적으로 자유전공 학부생에게는 출석을 한번도 안하고 과제를 한번도 안내도 암묵적으로 D- 의 학점, 즉 F를 주지는 않았다.

F는 낙제로 재이수를 하지 않으면 학점이 모자라 졸업이 안되기에, 졸업만은 시킨다는 의미에서 암묵적으로 F는 면하게 해줬던 것이다. 일례로 한 시간강사가 정의감에 불타 한 자유전공학생을 F 때렸다가 재임용이 안 되는 사례가 있었는데 그 이후로 F를 주는 교수는 없었다.

처음에 이 제도에 학생들도 학부모들도 학벌의 대물림이라면서 극렬 반대했다. 하지만 총장이 뚝심있게 관철하였고 6년 전 첫 자유전공 학부생이 생긴 이례로 지금 6기의 자유전공 학부생이 입학하였다.

차세대 리더 전형에 지원하려면 최소 50억의 기부금을 내야했는데 지금까지 자유전공학부에서 적립한 기부금만 3천억원이 넘었다. 이 돈을 통해 장학금의 비율을 기존의 20%에서 40%까지 늘리고 비주류 학과의 지원금도 크게 늘렸다.

총장은 기부금 입학을 도입했다는 괘씸죄로 결국 재선을 하지 못하고 낙선했지만, 이 제도의 효율을 알게 된 학부모와 학생들은 더 이상 반대하지 않아 제도는 정착된 것이다.

어차피 재벌2세는 어떤 식으로든 재산과 학벌을 대물림하는 것이고, 자유전공이라는 별도의 정원을 만들었기에 기존의 정원에서 감소되는 부분도 없었기에 배는 아플지언정 실제로는 혜택이 많았기 때문이었다.

올해는 스타우트 호텔의 연회장을 빌려서 개최했는데 홀에는 30여 명의 남녀 학생들이 정장과 드레스를 입고 참석해 있었다.

자유전공학부 학생들 스스로도 여기를 학교라고 보기보다는 재벌가의 젊은이들이 인맥을 쌓는 일종의 사교장으로 보고 있었기에 이런 옷차림한 한 것이었다.

"잠깐 주목~!"

훤칠하게 생긴 연회용 수트를 입은 20대 청년이 좌중의 시선을 집중 시켰다. 현재 자유전공학부의 과대표 4학년 유세진이었다.

180센티미터 정도의 키에 약간 차갑지만 귀공자풍으로 생긴 그는 현승 그룹 회장의 손자로 재벌 순위 2위의 거대 기업인 현승의 회장이 될지도 모르는 인물이었기에 자연스럽게 과대의 자리에 앉았다.

잠시 좌중을 둘러보던 유세진은 붉은 색 이브닝 드레스를 입은 20대 초반의 여성에게 눈길을 주며 말했다.

그녀는 타는 듯한 붉은 색 드레스와 잘 어울리게 붉은 톤의 머리가 웨이브 져 있었고 늘씬한 몸매에 세련되어 보이는 미모를 지니고 있었다.

"저번 학기에 휴학했던 SKY그룹의 이아현양이 귀국했습니다. 모르시는 분들도 있을 테니 간단하게 소개 좀 해주시죠. 아현양."

주위의 시선을 받는 것이 어색하지 않는 듯 이아현은 오른손으로 가슴을 가리고 왼손을 치마를 살짝 잡으며 인사를 했다.

"반갑습니다. 이아현이라고 해요. 작년엔 미국에서 공부 좀 한다고 휴학했었고 올해 복학했습니다. 잘 부탁드려요."

짝짝짝짝~~

이아현의 인사에 주위사람들은 박수를 쳤고, 유세진은 자연스럽게 좌중을 시선을 잡으며 말했다.

"2학기에도 건승하시길 바라면서 건배제의 하겠습니다. 건배!"

"건배~!"

좌중은 손에 든 와인을 가볍게 들어올리며 건배를 따라

외쳤다.

이후로는 삼삼오오 친한 사람들끼리 모여서 이야기를 했는데 가장 많이 나오는 이야기가 중도 여신 이야기였다.

감색 수트를 세련되게 입고 있는 김창민에게 검은 연미복을 입은 최현호가 다가와서 이야기를 걸었다.

"창민아 너 중도 여신 이야기 들었냐?"

"그래. 너도 들었냐? 학교오니 애들이 다들 그 이야기더라."

"아. 내가 한번 봤어야 했는데. 연예인 뺨치는 외모라하던데 그 말이 사실인지 아닌지 확인해봐야 했는데 아깝네. 너도 알다시피 내가 웬만한 연예인은 다 만나봤지 않냐."

"현호야 네가 봐서 어쩌려고? 전처럼 약 써서 하다가 걸리면 이번엔 네 꼰대도 빼주지 못할 걸?"

최현호는 얼마 전 SG엔터의 신인 여배우와 스캔들이 있었는데, 실상은 최현호 아버지가 운영하는 엔터테인먼트사의 신인 여배우를 최현호가 약물을 써서 강간하려다 벌어진 일이었다.

경찰에 신고하겠다고 난리를 치는 여배우에게 결국 10억원으로 입막음하기로 합의를 봤던 경험이 있었다.

"야야. 그 때 그년이 별종이라서 그래. 딴 년들은 내 배경만 알면 알아서 다리 벌려줬다니까? 연예인들도 빽없는 애들은 지가 먼저 다리 벌려서 몇 명 먹어봤는데 뭐."

"그 년은 빽도 없다던데 거기 금테라도 둘렀냐? 결국 판결까지 안가고 돈 받고 끝냈잖아. 애초에 한번 대주고 말 것이지 왜 빼고 그랬다냐?"

"이미지 좀 팔리더라도 한 몫 크게 땡기고 싶었겠지 뭐. 여튼 왠만한 년들은 내가 꼬시면 다 넘어온다니까? 중도 여신인가 뭔가 하는 그년도 그래봤자 일반인인데 내가 찍으면 끝이지 뭐. 아. 미리 알았다면 방학 중에라도 학교 좀 나오는 건데. 아쉽네 아쉬워."

"야. 남자친구도 있다더라 너무 헛물 켜지 마."

"골키퍼 있다고 골 안 들어가냐? 큭큭."

최현호와 김창민의 대화는 크진 않았지만 근처에 있는 유세진과 이아현은 들을 수 있었다.

"저런 쓰레기 같은 놈들."

"뭐 너도 전에 현호가 여는 산장 파티에 갔다하지 않았어?"

둘은 친분이 있는 듯 편하게 말을 나눴다.

"산장파티? 뭐? 난 그런데 안 가! 너도 알잖아 내가 그런데 갈 것 같아?"

"안 갔으면 그뿐이지 왜 발끈하실까? 흐흥."

비음섞인 말투가 섹시한 그녀의 분위기를 더욱 뇌쇄적으로 만들었다.

'어느 새끼가 말한 거야? 젠장. 알아봐야겠는데.'

사실 유세진은 이아현이 말한 산장파티에 최현호의 소개로 같이 갔다 왔다.

신인 여배우들과 연예인 지망생들이 낀 일종의 섹스파티였는데 그녀들도 잘하면 재벌2세를 낚을수 있다는 생각에 자발적으로 참석한 파티였다.

비밀 파티였고 파티 멤버들이 모두 함구하기로 했기에 유세진은 거짓말을 했고 속으로 발설한 범인을 색출해야겠다고 다짐했다.

연예계에 발이 넓은 최현호는 종종 이런 파티를 만들었고 간혹 강제로 여자들을 납치해 약을 먹여서 하는 광란의 파티도 있었지만 유세진은 거기까진 가지 않았다.

자발적으로 유세진에게 달라붙는 여자들이 너무도 많은데 굳이 위험을 무릅쓰면서 까지 그런 향락에 빠지고 싶진 않았기 때문이다.

"발끈은 무슨! 억울한 누명이니 그렇지. 근데 아현아 이제 내 맘 받아 줄 때가 되지 않았니? 지호 형은 너 버리고 갔잖아. 이제 그만 잊고 내게 오면 안 돼? 오직 나만 네 곁을 지켜줄 수 있어!"

"야야. 느끼한 말 그만하고 연회나 즐겨. 지호 오빠가 언제 나 버렸다고 그래? 날 가진 적이 있어야 날 버리지. 그러고 보니 더 열 받네. 아. 나쁜새끼."

유세진은 몇 년전부터 이아현에게 고백을 했지만 이아현은 백지호를 좋아하고 있었기에 거절했다.

하지만 백지호은 이아현의 짝사랑을 알면서도 휴학하고 세상을 본다면서 1년째 여행을 떠나 돌아오지 않았다.

그래서 이아현도 미국으로 공부한답시고 떠났다가 이제야 돌아온 것이었다.

"여튼 나도 그 중도 여신이라는 애 궁금하긴 하네."

"사진 봤는데 이쁘긴 이쁘더라."

유세진은 친구라기 보단 부하에 가까운 친구에게 말을 해서 유리엘의 사진을 구했는데 하이엔드급의 카메라로 찍은 사진과 동영상을 보고 확실히 예쁘긴 예쁘다는 생각을 했었고 기회가 되면 한번 꼬셔서 넘어트려 보려는 생각도 했다.

'하지만 그뿐이지, 하룻밤 상대는 몰라도, 내 상대는 SKY 그룹의 아현이 정도는 되어야지.'

"사진 보여줘?"

"사진 있어? 그래 보여줘 봐."

유세진의 손짓에 경호를 서는 것 같이 벽에 장승처럼 서 있던 남자가 다가왔고 유세진의 말에 타블릿PC를 조작해 유리엘의 사진을 꺼냈다.

"와우 진짜 예쁜데? 나보다 나은 것 같아."

"야. 그냥 좀 이쁜 거지, 너보다 훨씬 못해."

"마음에도 없는 소리하네. 유세진. 호호호."

"누군지 한번 알아봐?"

"됐어. 요즘은 안 보인다며? 이슈되려고 잠깐 학교 온 연예인 지망생 이런 거 아냐? 그러면 언젠가 방송같은데 나오겠지 신경끄셔."

강민과 유리엘은 아니 강민에 대해서는 언급도 없었으니, 유리엘은 입학도 하기 전에 한국대학교의 노블레스라는 자유전공학부의 남녀학생들에게 찍혀있었다.

❖

고등 검정고시는 당연히 합격했고 수능 또한 무사히 치뤘다.

둘 다 수능 만점의 점수를 받았는데 수능이 상대적으로 쉬웠는지 2자리수의 만점자가 나와서 크게 이슈는 되지 않았다.

다만 집에서는 한미애가 너무도 기뻐하였고, 강서영이 보기에는 둘 다 공부도 별로 안했는데 만점을 받아서 펄쩍 뛰면서 놀라는 소소한 일이 있었다.

둘은 애초에 말한대로 한국대학교에 지원하였고 그리 큰 고민 없이 경영학과를 선택했다.

"오빠, 언니 왜 경영학과야?"

"글쎄? 크게 생각 없이 선택했는데?"

"뭐라구? 과 선택을 뭐 그렇게 해? 본인의 적성을 알아보고 그에 맞게 해야지!"

"음. 그러는 서영이 너는 네 적성에 맞춰서 불문과 간거야?"

"아… 아니 그…런건 아니지만… 어쨌든 나랑 오빠는 상황이 다르잖아!"

"뭐가?"

"나…는 한국대 타이틀이 필요해서 그랬던 거 였지만… 오빠는 아니잖아…."

이야기가 괜히 강서영이 암울했던 옛날 일을 떠올리게 하는 것 같아서 강민은 곧바로 말을 이었다.

"경영학과는 나중에 회사라도 경영해 볼까 해서 가는 거야."

"회사? 무슨 회사?"

"아직은 결정 안했는데 졸업하고 나중에 하나 사려고. 어머니도 내가 백수로 있는거 안 좋아하시는거 같으니 취직을 하든 사업을 하든 해야 할거 같아서. 취직보단 사업이 편할 거 같지 않니?"

"회… 회사를 편하려고 산다고? 정말 대체 오빠 돈이 얼마나 있는 거야? 전에 집 살 때도 그렇고…."

"알면 다쳐. 하하하."

몇 만 년간 차원을 돌면서 이것 저것 모았기에 사실 강민도 정확하게 얼마나 모은지는 계산한 적이 없어 몰랐다.

"하여간 내일이면 입학인데 기분이 어때? 28살의 신입생! 오빠! 으으 노땅이라 아무도 안놀아 줄수도 있어~ 호호호."

"아무도 안 놀아주면 유리하고만 놀지 뭐."

"나도 안 놀아 주면요?"

"뭐라고?"

강민의 과장되게 충격받은 듯한 얼굴이 우스워 보였는지 강서영과 유리엘은 웃음을 터트렸고 한미애는 그것을 흐뭇하게 바라보고 있었다.

"아 오늘 차 인도받기로 했지? 내 차가 생긴다니 가슴이 다 설레네. 히히. 오빠 고마워."

"서영아. 근데 그 차면 되겠니? 더 좋은 차 몰아도 돼."

힘들게 산 한미애와 강서영에게 뭐든 좋은 걸로 해서 보답을 해주고 싶은 강민의 마음이었다.

"아냐. 그냥 국산 경차 살랬는데 하도 오빠가 안전문제를 말해서 그나마 저걸로 바꾼거야. 사실 저것도 난 부담스럽다구. 학교가면 애들이 뭔지 물어볼텐데 대답하기도 곤란하기도 하고…"

"그냥 10년간 사라졌던 오빠가 외국에서 성공했다고 그래."

"안 그래도 그런 식으로 둘러대고 있네요. 흥."

수능이 끝나고 겨울방학 동안 네 가족은 모두 운전면허를 땄고, 각자 한 대씩 차를 샀다.

강민은 유리엘과 함께 다니니 둘을 위한 스포츠카 한 대를 구매했고, 패밀리카로 고급 SUV를 한 대 별도로 구매했다.

그리고 한미애와 강서영에게도 차를 선물하였는데 극구 국산 경차만 탄다는 둘에게, 안전 문제를 들어서 수입차를 권했는데 결국 한미애는 큰 차는 싫다며 벤츠 B200을 골랐고, 강서영은 BMW 미니쿠퍼를 골랐다.

개인용차로 페라리 스파이더, 패밀리카로 레인지로버 오토바이오그래피를 고른 강민이 무색해질 정도로 한미애와 강서영은 큰 돈을 쓰는 걸 싫어했다.

"엄마, 학교 다녀올게~"

"어머님. 저도 다녀올게요. 첫 등교라니 기분이 묘하네요."

"어머니, 어머니도 집에만 계시지 말고 근처 백화점에 문화 센터 다니시거나 예전 친구분들 만나고 그렇게 하세요."

"인석아. 그런건 내가 알아서 할테니 걱정 말구. 아직은 집에서 한가롭게 혼자 쉬는 게 좋아. 나중에라도 생각나면 그렇게 할테니 너무 신경 쓰지 말어. 어서들 다녀와"

"네~"

강민과 유리엘은 페라리 스파이더로, 강서영은 미니쿠 퍼로 각각 등교를 했다.

강서영은 곧장 첫 강의를 들으러 갔고, 강민과 유리엘은 입학식을 가야했으나 대학의 입학식이야 가는 사람이 드 물었기에 첫 강의가 시작될 상경대 건물로 갔다.

강서영의 미니쿠퍼는 흔하지는 않지만 가끔 잘사는 집 학생들이 타고 다니는 차였기에 주위의 시선을 받는 정도 가 덜했지만, 페라리는 조금 달랐다.

웬만큼 사는 집 학생들도 몇 억씩 하는 페라리는 쉽게 살수가 없는 차량이었기에 페라리가 상경대학의 주차장에 들어서자 많은 학생들이 누구 차인지 싶어 페라리를 주목 했다.

강민과 유리엘이 차에서 내려 강의 시작 시간이 조금 남 아 벤치에서 커피를 마시자 주위의 학생들이 다소 거리를 두고 강민과 유리엘을, 특히 유리엘을 주목했다.

"야. 저기 누구야? OT때 못 본거 같은데?"

"글쎄 신입생은 아닌 것 같은데? 여자 쪽은 모르겠지만 남자 쪽은 나이가 좀 있어보여, 복학생인가?"

"근데 우리과 학생 맞아? 전과한 건가? 처음보는 얼굴 같아서…"

"헉! 중도여신이다!"

한 무리의 남학생이 유리엘을 보며 수군거리고 있었는데, 그 중 한명이 지난 여름방학 때 유리엘을 본건지 중도여신이라는 언급을 하며 아는 체를 했다.

"중도여신? 아~ 그 소문만 무성하던 중도여신?"

"뭐? 니가 하도 중도여신 이야기해서 2학기 내내 중도 들락거렸는데 한번도 안왔자나."

"그래! 근데 지금 저기에 있잖아! 역시 연예인 보다 이쁘네."

"와… 진짜 예쁘네. 근데 여기 있는 것 보니 우리과 학생인가?"

"작년에 중도에 나타난 이후 중도여신 수소문 해봤는데 우리학교 학생이 아니라던데?"

"근데 왜 여기 있는거지?"

"우리학교로 편입했나? 설마 재수나 장수생인가?"

강민과 유리엘의 정체에 대해서 분분한 의견을 나눴는데 이 남학생들의 무리 뿐만 아니라 다른 무리에서도 둘을 보여 많은 이야기를 나누고 있었다.

사실 신입생 환영회에 참석하라는 연락이 몇차례 왔으나 강민과 유리엘은 굳이 필요성을 느끼지 못하여 참석을 하지 않았었다.

이 때문에 지금 신입생들은 신입생 환영회에서 만난 인

연으로 각각의 무리를 이루면서 삼삼오오 모여 있었지만 강민과 유리엘은 어느 무리에도 끼지 못하였고 사실 별로 낄 생각도 없었다.

굳이 학교 생활에 뜻이 있던 것도 아니었고, 한미애의 바람에 따라서 학벌이라는 타이틀을 따고 싶었던 것 뿐이었기 때문이다. 그리고 유리엘은 강민의 뜻을 따랐을 뿐이었다.

여하튼 그런 학생들의 대화를 강민과 유리엘이 못 들을 리 없었다.

"유리, 중도여신이라는데? 후훗."

"중도면 중앙도서관을 말하는 것 같은데, 여신이라… 여튼 기분 좋은데요? 근데 여신 이야기를 들으니 생각난 건데, 여기에도 신이 있을까요?"

"글쎄, 종교적 의미에서 신이라면 모르겠지만, 우리가 보아왔던 인격신이라면 현재까지는 없을 것 같은데 말야, 나중에 내가 경지를 찾으면 보일지도 모르지."

"글쎄요. 마나의 이능이 활성화된 세계에는 충분히 가능성이 있겠지요."

다른 사람들이 알아듣지 못하는 이야기를 한가롭게 이야기 하는 사이 강의시간이 되어 강의실로 들어갔다.

강의는 경영학 원론으로 교수의 간단한 소개와 함께 출석을 체크하였다.

아니나 다를까 유리엘의 이름이 불려질 때 전 강의실의

이목이 집중되었다.

본격적인 강의는 다음시간부터라는 교수의 말과 함께 교수는 한학기 동안의 강의 계획 정도를 설명하고 강의를 마쳤고, 예상보다 이른 강의 종료에 철모르는 학생들은 환호성을 지르며 우르르 밖으로 나갔다.

❖

침대위에서 한 남녀가 관계를 하고 있었다. 그러나 남자의 정복감 가득찬 기분 좋은 기색이 완연한 얼굴에 비해 여자는 무미건조한 느낌으로 목석과도 같은 움직임이었다.

수치심마저 어린 여자의 표정으로 보아선 강제로 한다고 해도 과언이 아닌 상황이었는데 여자의 신체를 구속하는 상황도 아니었고 여자 또한 표정에 비해서 반항을 시도하는 어떠한 몸짓도 없었다.

이는 정상적인 남녀간의 성관계라고는 볼 수 없는 상황이었다.

띠리리 띠리리~

한창 관계가 끝나자마자 전화가 울렸다. 남자는 휴대폰을 흘깃 보더니 휴대폰 액정에 뜬 이름을 보고 약간 의아한 듯 전화를 받았다.

"창민아 웬일이냐? 무슨 일 있냐?"

"최현호~ 뭐 하냐?"

"아. 오늘 그동안 작업했던 애 마지막 마무리 했다."

"작업했던 애? 아. 그 연습생? 크큭. 지금 먹은 애가 걔냐? 이년을 공들이더니 기어코 먹고 마네. 대단한 새끼 크크크큭. 나도 한번 줄 수 있냐?"

"야이 새끼야. 너 줄 수 있는 년이면 이렇게 공들이지도 않았다. 여튼 용건이나 말하라고."

전화를 받은 최현호는 여자에게 눈짓을 하고 방에서 나가 거실로 이동했다.

남겨진 여자는 20대 초반으로 보였는데 단발머리가 귀여운 스타일이었다. 쭉쭉빵빵한 S 라인의 몸매는 아니었지만, 운동을 했는지 적당히 나온 가슴과 군살이 없는 예쁜 몸매를 가진 아가씨였다.

최현호가 전화를 받으러 떠나가자 수치심 가득한 그녀의 눈에서 눈물 한줄기가 흘러내렸다.

용건을 말하라는 최현호의 말에 김창민은 말을 이었다.

"야. 중도여신 떴다."

"중도여신? 아. 작년 여름방학때 걔? 근데 뜨다니? 다시 중도 들락거리는 거냐?"

"아니. 이번 16학번 신입생이래. 경영학과고."

"신입생? 신입생 나이로는 안보였다더니."

"몰라. 장수생인지. 소문에 의하면 외국에서 살다가 작년에 왔다던거 같더라 20대 중반은 된 것 같던데? 여튼 네가 전부터 보고 싶다길래 연락하는 거야 새꺄."

"크큭. 그래 고맙다 새꺄. 만약 뒤탈 없는 년이면 너도 한번 먹게 해줄게."

"그래 이 새끼야 내가 그 말 기다렸다. 크큭. 그럼 학교에서 보자."

최현호와 김창민의 대화를 듣고 있던 여자는 수치심에 찬 얼굴을 감추지 못하고 이불을 꽉 쥐며 분노를 삭히다 결연한 표정을 지으며 차례로 옷을 입어갔다.

전화를 끊은 최현호가 느물거리게 웃으며 다가와 말했다.

"야 혜림아 한번 더 하자?"

"약속은 한번이었어. 그리고 약속 지켜."

"혜림아. 이제 몸까지 섞은 사인데 좀 부드러워지자. 응?"

"미친새끼! 약속이나 지키라고!"

"약속? 무슨 약속?"

"뭐?!"

"야야. 장난이야. 그래 알겠어. 다음번 데뷔 그룹에는 너도 들어갈 거야."

신혜림은 18살의 나이에 스스로 SG 엔터에 연습생으로 들어왔다.

어느정도 외모에도 자신이 있었고 노래에는 더 자신이 있었기에 자신보다 노래도 못부르는 친구가 가수가 되는 것을 보고 가수의 꿈을 안고 SG 엔터의 문을 두드린 것이다.

넉넉하지 못한 집안이어서 유명 가수가 되어서 부모님께 효도 하고 싶은 마음이 컸었기에 연습생 시절 3년은 정말 열심히 했다.

실제로 연습생 중에서는 인정도 받기 시작했고 3년차가 되면서 데뷔 이야기도 슬슬 나오기 시작했기에 신혜림 자신도 자신감을 갖기 시작했다.

하지만 4년차가 되고 5년차가 되어 나이가 23에 이르렀는데 데뷔 소식은 없었고 오히려 자신보다 늦게 들어온 3, 4년차 연습생들이 데뷔를 해서 가수가 되는 상황이었기에 자신감은 점점 떨어져 갔고 어떻게 해야할지 모르겠다는 생각을 하고 있었다.

그 때 다가온 사람이 최현호였다. 처음엔 SG 엔터의 사장의 아들이자 그 스스로 SG 엔터의 이사로서 잘해주는 척하며 환심을 샀는데, 계속되는 작업에도 신혜림이 몸을 허락하지 않자 본색을 드러냈다.

삼촌이 고위직은 아니었지만 지방경찰서에 재직하고 있어서 강제로 하는 짓은 하지 않았지만 그간 데뷔하지 못한 것이 자신의 수작임을 은근 슬쩍 드러내며 자신이 허락하지 않으면 데뷔는 없을 거라는 식의 협박을 가했다.

실제로 최현호가 발굴했다 알려진 드림걸즈의 박민주는 연습생 출신이자 데뷔 예정자였던 최하진을 밀어내고 드림걸즈로 데뷔했다.

박민주는 한국대 영문학과의 학생이었는데 최현호의 입김으로 드림걸즈로 데뷔해서 지금은 어느 정도의 인기를 얻고 있는 아이돌이 되었고 최하진은 아직도 연습생 신세였다.

최현호의 아버지 최수광은 인기를 얻을 만한 아이돌을 보는 눈이 있는 최현호를 어느정도 믿고 있었기에 이사의 직함을 주고 아이돌 데뷔에 관해서는 최현호가 많은 영향력을 행사할 수 있도록 하였다.

사실 어느 정도 실력이 있는 신혜림은 타 기획사로 옮기거나 아예 가수를 그만두면 이런 마수에서 빠져나올 수 있었지만 이미 가수를 목표로 잡고 있었고 성공확률이 가장 높은 SG의 연습생, 데뷔를 앞둔 연습생의 위치를 버리기 힘들었다.

결국 최현호에게 한 번의 잠자리만 가져주면 데뷔를 시켜주겠다는 약속을 받고 이런 관계를 가지게 된 것이었다.

쾅!

옷을 다 입은 신혜림이 오피스텔의 문을 거칠게 닫고 나갔다.

최현호는 아직 벌거벗은 채로 소파에 앉아 와인 한잔을

마시고 있었는데 천장 구석에 붙은 조그만 검은 점을 바라보고 있었다.

"아. 이런 식의 결말은 내 취향은 아닌데. 뭐 여튼 컬렉션이 하나 더 생겼네."

말을 마친 최현호는 리모컨 눌러 80인치 TV를 켰고 익숙하게 조작 하더니 조금 전의 관계를 찍은 동영상을 재생했다.

한참을 바라보던 최현호는 자위를 하기 시작했고 이윽고 온 절정에서는 이아현의 이름을 외쳤다.

"언젠간 먹고 말테다 이아현."

SKY 그룹의 손녀딸인 이아현은 최현호로서는 언감생심 목표로 하기엔 너무 높은 상대였지만 최현호는 이아현을 짝사랑 하고 있었다.

짝사랑이라기보다는 목표로 한 여자는 어떤 수를 동원해서도 정복하고 마는 정복욕을 가진 최현호로서는 산악인들이 에베레스트 산을 바라보는 느낌으로 이아현을 보는 것일지도 몰랐다.

자위를 끝낸 최현호는 잠시 옆에 놓아둔 와인잔을 다시 들어 한 모금 하고는 나지막이 중얼거렸다.

"중도 여신이라 어떤 년인지 궁금하네. 얼마나 걸리려나?"

이 곳은 최현호의 아지트인 오피스텔이었다.

4장. 개총

NEO MODERN FANTASY STORY & ADVENTURE

현세귀환록

4장. 개총

    강민과 유리엘이 학교를 다닌지도 보름이 지났고 더 이상 처음처럼 주위의 모든 시선이 집중되는 정도의 상황은 벌어지지 않았다.

    하지만 흰색 페라리는 얼마든지 사람의 시선을 모을 만한 차였고, 유리엘의 미모 역시 그냥 스쳐 지나가기에는 너무 대단하였기에 많은 사람의 이목을 다소 끄는 것은 어쩔 수 없었다.

    강민이나 유리엘이나 사람들의 시선을 받았던 경험은 너무도 많았기에 몇 십 명 남짓의 사람들의 시선 쯤이야 약간의 신경조차 쓰지 않고 있었다.

    오늘도 수업을 마치고 주차장으로 가고 있을 때였다.

"저기…."

흰색팔에 군청색몸통의 전형적인 야구점퍼를 입은 앳되어 보이는 남학생 하나가 쭈뼛거리며 강민과 유리엘을 불러 세웠다.

"무슨 일이지?"

웬만한 복학생보다 나이가 많았던 강민은 자연스럽게 반말을 하였고, 강민의 분위기에 남학생은 반말을 어색해하지 않으며 존댓말을 하였다.

"민이 형, 혹시 이번 개강총회 참석 가능하신가 싶어서요. 유리 누나도요. 신입생 환영회도 겸해서 같이 하는 거라 같이 가셨으면 좋겠어요."

수업을 같이 듣고 있기에 강민과 유리엘의 이름을 알고 있는 학생은 처음에 쭈뼛거렸던 것과는 달리 넉살 좋게 형, 누나라며 개강총회 참가 의사를 물어왔다.

"이름이 뭐였지?"

"아. 김만석이라고 합니다. 형님."

"그렇군. 만석아. 유리는 그런 것에 관심이 없어서 참석하기 힘들 것 같다. 그럼."

강민의 거절에 김만석은 아쉬운 표정을 짓고 있었는데 그 때 유리엘이 말했다.

"민, 한번 가보는 건 어때요?"

"괜찮겠어? 굳이 그런 곳에 갈 필요가 있을까?"

"뭐 어때요? 호호."

사람들의 마나에서 풍기는 기운에 따라 감정을 어느 정도 읽을 수 있는 강민과 유리엘은 많은 남자들이 유리엘을 욕정에 찬 눈빛으로 보고, 많은 여자들이 질투에 찬 시선으로 본다는 것을 잘 알고 있었다.

필요하다면 그런 자리에 있는 것을 마다할 유리엘이 아니었지만, 강민은 굳이 유리엘이 그런 자리에서 그런 시선을 받을 필요가 있을까라는 생각을 하였다. 그래서 거절했던 것이었다.

하지만 유리엘은 강민이 고향에 왔는데 너무 일상과 동떨어진 생활을 하는 것이 다소 안타까웠기에 개강총회에 가자는 권유를 하였다.

잠시 눈빛을 교환한 둘은 서로의 마음을 이해했는지 이내 결정을 내려 김만석에게 말했다.

"유리가 저렇게 말하니 개총에 가도록하지. 시간 장소가 어떻게 돼?"

"아. 감사합니다. 형, 누나. 선배들이 형이랑 누나 보고 싶다고 꼭 모셔오라 했거든요. 시간은 이번 주 금요일 6시고, 장소는 학교 앞 넉터, 아. 넉넉한 터라는 술집입니다. 보통 우리학교 학생들은 거길 넉터라고 많이 부른다하네요. 헤헷."

"그래 그럼 거기서 보자."

"네 감사합니다. 민이 형."

넉살 좋게 고개를 꾸뻑 숙이고 김만석은 뒤에서 기다리
는 일행에게로 갔고 일행에게 주먹을 불끈 쥐어보이며 섭
외에 성공했다는 것을 알렸다.

❖

금요일이 되어 강민과 유리엘이 넉터에 도착했을 때는
학과에서 이미 주점 전체를 전세를 냈는지 100명이 넘는
경영학과 학생들로 가득 차 있었다.

강민과 유리엘이 주점문을 들어서는 순간 아니나 다를
까 시끌시끌하던 술집이 일순 조용해졌다.

그 순간 스포츠 머리의 남학생이 간이 무대 위에 서서
마이크를 잡았다.

"와우, 드디어 우리 과의 비공식적인 여왕님이 오셨습
니다. 다들 박수~"

짝짝짝짝~ 휘익~ 짝짝~

요란한 박수소리와 휘파람 소리가 어우러져서 우리엘을
환영했다.

저 멀리 김만석이 자리를 잡고 있다는 듯 손을 들며 강
민에게 신호했고 강민과 유리엘이 자리를 잡자 아까 그 스
포츠 머리가 다시 마이크로 말을 이었다.

"이제 올 사람은 웬만큼 왔고, 시간도 되었으니 2016년 1학기 개강총회를 시작하도록 하겠습니다~ 자~ 다들 박수와 환호~"

휘익~ 짝짝짝짝~와~~와~~

100여명이 박수와 환호를 지르자 주위는 시끌시끌해졌다.

"저는 과대를 맡고 있는 13학번 진기정이라고 합니다. 여기 서서 보니 오랜만에 오신 선배님도 계시고, 잘 볼 수 없는 후배님도 계시네요. 우리 과의 전통 아시죠? 개총 때 만큼은 다들 먹고 죽자입니다. 협찬해주시는 빵빵~한 선배분들 많으니 돈 걱정 마시고 실컷 즐기면서 노시다가 돌아가면 됩니다. 올 한해 과 행사에 많이 참석해 주시길 바라구요. 제가 건배제의 하면서 본격적인 개총을 시작하고자 합니다. 제가 경영학과하면 여러분들이 화이팅 해주시면 됩니다. 경영학과!"

"화이팅!"

진기정의 선창에 학생들은 따라 후창을 하였고 그 이후로 01학번 선배의 축하인사, 16학번 신입생의 입학소감, 과내 동아리들의 신입생 홍보 등 여러 가지 일정을 진행하였다.

관심이 있는 학생들은 무대 위의 사람들에게 시선을 주기도 하였지만 많은 사람들은 무대보다는 주위사람들과

술마시는 일에 열중을 하였다.

강민과 유리엘도 주위 분위기에 맞추어 술을 마시며 이
야기를 나누기도 하였는데, 처음에는 강민과 유리엘의 분
위기에 어려워하던 주위 학생들도 수업 중에 안면이 있는
학생을 중심으로 통성명을 하며 말문을 트자 너도나도 다
들 인사를 하며 살갑게 대하였다.

"형님, 어디 다른 학교 다니시다 오신 거에요? 28살이
면 졸업생 나이인데. 앗."

통통한 외모에 안경을 낀 학생이 강민에게 물어보자 비
슷한 안경을 낀 귀엽게 생긴 여학생이 옆구리를 찌르면서
눈치 없다는 표정을 지었고 안경 낀 학생은 아차하는 얼굴
을 하였다.

"뭐 비밀도 아니고, 유리랑 나는 외국에서 10년 정도 보
내다가 왔어. 그래서 학업을 할 시기가 조금 늦었지."

이번엔 같은 테이블에 앉아있는 웃으면 반달눈이 인상
적인 새침해 보이는 여학생이 자연스럽게 유리엘에게 언
니라 칭하면서 질문을 했다.

"유리 언니, 근데 언니랑 오빠 사귀는 사이 맞죠?"

유리엘이 부드러운 미소를 지으며 대답했다.

"그래, 민이랑 나는 서로 깊~~이 사랑하는 사이란다.
지은아."

아까 통성명을 했는지 유리엘은 이름까지 말하면서 여

학생의 머리를 쓰다듬었다.

"언니랑 오빠를 노리는 사람 많던데 다들 헛물켜고 있었네요."

"노려? 이렇게 붙어 다니는 데도 그렇게 생각하는 사람이 있었나?"

"아. 그게 누가 언니랑 오빠랑 분위기가 비슷해서 친남매라고 말했었거든요."

"민. 우리보고 친남매래요. 호호호."

"하하. 하긴 유리랑 보낸 시간이 있으니 닮아갈 만도 하지. 하하."

강민은 유리엘의 미소에, 유리엘은 강민의 웃음에 서로 기꺼워하고 있었다.

분위기가 무르익어 가는데 갑자기 간이무대에서 과대 진기정의 목소리가 들려왔다.

"오늘은 특별히 이 자리 지지난번 과대인 백지호 학우가 오셨습니다. 1년간 휴학했다 올해부터 복학했는데 특별히 오늘 개총에 드는 비용 전부를 백지호 학우께서 부담하시기로 했으니 학우 여러분들은 백지호 학우에게 박수 한 번 주시기 바랍니다~"

와~~와~~ 짝짝짝~ 와~

백지호가 돈을 낸다는 소리에 대다수의 학생들은 박수를 치고 환호를 했지만 몇몇 학생들은 불만이 있는지 입을 삐죽거리며 옆 사람과 소근거렸다.

"뭐야. 이제 밝혀졌으니 돈 많은 걸로 유세라도 하는거
야?"

"그러게. 그냥 자유전공학부나 갈 것이지 왜 우리과로
왔데."

소곤거리는 소리를 들었는지 세련되어 보이는 투블럭컷
에 오른쪽 귀에 피어싱을 한 학생하나가 그 둘을 노려보며
말했다.

"야. 자유전공의 망나니들하고는 달리 지호는 자기 실
력으로 우리학교 온거야. 그리고 그 일 있기 전에는 돈이
있는지 표시조차 낸 적이 없었다. 너희들에게 그런 소리
들을 만큼 지호가 잘못한 게 뭐야?"

피어싱 학생은 말 할수록 열이 받는지 목소리가 커졌고,
소곤거렸던 학생은 주위의 시선이 모이면서 주눅 든 표정
을 지었다.

피어싱 학생이 더 열받아서 소리를 치려고 할 때, 그의
어깨를 두드리는 손길이 있었다.

백지호였다. 백지호는 체크무늬 셔츠와 청바지를 편하
게 걸친 옷차림이었는데 선이 굵은 남자답게 생긴 얼굴이
믿음직해 보이는 스타일이었다.

"재성아, 그만해."

한재성은 백지호의 말에 분노를 억누르고 벌떡 일어나

서 주점을 나갔다. 한재성의 뒷모습을 보던 백지호는 소곤
거렸던 학생들에게 말했다.

"내가 백산 그룹의 손자라는 걸 다 아는 마당에 이정도
성의는 보여야 안되겠냐. 나쁜 마음 없고 그냥 총회비 아
껴서 나중에 학생회 더 잘 운영하라고 보태는 거니 너무
고깝게 보지 말아주라."

"그… 그래. 미안. 우린 그런 뜻은 아니고."

"아냐. 됐다. 뭐 한 두번 있는 일도 아니고."

백지호는 우리나라 제1의 기업인 백산그룹 총수의 손자
였다. 향후 백산그룹을 물려받을 가능성이 큰 위치인 것이
다.

하지만 항상 겸손함과 하늘밖에 하늘이 있음을 강조한
할아버지의 교육방침상 백지호는 그런 자신의 배경을 드
러내지 않았고 결국 스스로의 실력으로 한국대 경영학과
에 입학을 해서 학교생활을 하고 있었다.

학교에서도 자신의 배경은 굳이 밝히 않고 2년 전 과대
표도 하며 열정적으로 학교생활을 하였는데 그의 평온이
깨어진 것은 이아현 때문이었다.

같은 학교였지만 자유전공학부인 이아현은 경영학과인
백지호와 만날 일이 없었고, 설령 학교에서 만났었어도 야
망이 있는 이아현은 백산의 손자임을 밝히지 않은 백지호
와는 엮일 일이 없이 그냥 스쳐 지나갔을 것이다.

하지만 재벌 총수의 가족모임에 나갔다가 백지호를 본 이아현은 그의 외모와 조건과 성품에 반하여 줄기차게 백지호의 관심을 얻고자 하였고 몇 차례나 고백도 하였다. 하지만 백지호는 이아현에게 관심이 없었기에 이아현의 자존심은 상할대로 상해있었다.

결국 경영학과 앞에서 백지호에게 다시 고백하며 백산그룹의 손자라는 사실을 학생들에게 알렸다. 자존심 강한 이아현이 자신이 별 볼일 없는 남자에게 들러붙는다는 이야기를 불식시키기 위해서였다.

그 이후로 백지호의 친한 친구들은 백지호에게 배신감을 느꼈고, 별로 친하지 않은 친구들이 백지호에게 들러붙기 시작했다.

사실 별 일이 아닐 수도 있는 일이었다. 재벌가의 손자라는 것이 나쁜 것도 아니고 오히려 선망의 대상일 것인데 그것을 밝히는 것이 뭐가 그리 큰 문제일까라고 이아현은 생각했기 때문이다.

하지만 백지호는 돈이나 권력이 엮이지 않는 순수한 인간관계를 나누고 싶어했기에 스스로가 재벌가의 손자로 밝혀진 이후에 많은 사람들이 자신의 배경을 보고 다가오는 것을 견디기 힘들어 했다.

이에 백지호는 마음 정리를 한다고 1년간 미국 여행을 갔다가 올해 한국에 다시 온 것이었다.

분위기가 가라앉는 것처럼 보이자, 과대 진기정은 능숙하게 분위기를 이끌었다.

"자자. 이제 우리 개총의 하이라이트 신입생 장기자랑 한번 봅시다."

오오~ 짝짝짝~ 와~~

장기자랑이라는 소리에 다시 분위기는 불타올랐고 OT에서 어느 정도 언질을 줬었는지 몇몇 신입생들이 용기 있게 무대로 올라왔다.

요즘 잘나가는 아이돌들의 군무를 추는 신입생 무리도 있었고, 가창력을 뽐낼수 있는 노래를 부르는 신입생도 있었다.

어떤 신입생은 개그를 짜와서 하기도 하였고, 성대모사 같은 개인기를 보이기도 하였다.

한시간 정도가 지나가자 장기자랑이 다 끝난 것 같았는데 과대 진기정이 눈을 빛내더니 마이크를 잡고 유리엘을 지목했다.

"그럼 이번에는 우리과의 비공식 여왕인 김유리 학우의 장기자랑을 보겠습니다. 예정된 순서가 아니라 김유리 학우가 당황하실 수 있으니 다들 박수로 환영해 줍시다~"

와~~와~~ 휘익~~ 와~~

엄청난 환호와 함께 학생들은 유리엘의 이름을 목소리 높여 외쳤다.

"김유리~김유리~김유리~김유리~!"

유리엘은 처음엔 손사례를 쳤지만 계속 되는 환호에 강민을 바라보았다. 강민은 유리엘에게 맡긴다는 눈짓을 하며 어깨를 으쓱였기에 유리엘은 기분좋게 일어나서 무대에 올랐다.

"신입생이시니 먼저 간단한, 아니 자세한 자기소개 부탁드립니다. 작년부터 김유리 학우를 궁금해하는 학우분들이 많았거든요. 본인 별명을 혹시 알고 계시나요?"

유리엘은 부끄럽다는 표정으로 고개를 살짝 끄덕였다.

"역시 알고 계시군요. 우리과의 비공식, 아니 이제 공식이 될 것 같군요. 우리과 여왕님인 중도여신 김유리 학우의 소개와 장기자랑을 보도록 하겠습니다."

"아. 반갑습니다. 이번에 신입생으로 입학한 16학번 김유리입니다. 공부하고는 관계없이 외국에서 10년간 지내는 바람에 공부할 시기를 좀 놓쳐서 현재는 28살의 나이에 신입생으로 입학하게 되었네요. 여러분들이 보기에는 아줌마나 다름 없으려나요? 호호호."

"아니에요~"

유리엘의 말에 천부당만부당 하다는 듯 학생들은 큰 소리를 치며 고개를 저었다.

유리엘은 보여주는 분위기와 표정에 따라서 10대 후반의 귀엽고 새초름한 이미지에서 30대의 뇌쇄적이고 농염

한 이미지까지 넘나드는 마력을 가지고 있었기에 28살이라는 나이를 밝혔음에도 20대 초반 청년들의 눈에 비친 하트는 사라지지 않았다.

"아. 그리고 저기 앉아 있는 민과는 오랜 연인 사이니 더 이상, 편지 같은 거 안 주셔도 됩니다. 민~ 손 좀 들어봐요."

강민이 쑥쓰러운 표정으로 손을 들었고 주위에는 우~우~ 하는 귀여운 야유가 나왔다.

"에이~~골키퍼 있다고 골 안들어 갑니까~"

그리고 여러 곳에서 골키퍼 운운하는 식상한 멘트도 동시 다발적으로 나왔다.

"여하튼, 아마 여기있는 대부분 학우들 보다 저랑 민의 나이가 많을 듯 하니 편하게 부를게요. 여러분들도 우리 너무 어려워 마시고 편하게 대해 주세요. 잘 부탁 합니다.

유리엘이 가슴에 살짝 손을 올리고 고개를 숙였고 학생들은 우레와 같은 박수를 쳤다.

"장기자랑은 음… 간단한 노래 한곡 하고 내려갈게요."

그대 내 곁에 안겨서~

영원히 함께 있어요~

우리가 함께하는 날이~

끝없이 이어질 수 있도록~

유리엘은 얼마 전 유행했던 이수현의 '그대 내 곁에' 라는 노래를 불렀는데 다들 기대하지 않고 듣다가 첫 소절이 나오면서부터 눈을 초롱초롱 빛내면서 들었고 노래가 끝남과 동시에 열화와 같은 환호성과 박수를 쳤다.

와~~와~~우와~~

"와 대박이다. 진짜. 내가 이수현 콘서트에서 라이브로 저 노래 들었는데 이수현보다 낫네 나아."

"야 나 팔 봐바. 지금 팔에 소름 돋았어. 이렇게 허접한 무대시설로 이런 노래를 부르다니…"

다들 감탄을 금치 못하고 옆 사람과 노래에 대해서 이야기 하고 있었고 유리엘은 마이크로 내려놓고 자리로 들어갔다.

유리엘의 노래를 끝으로 다른 장기자랑은 없었고 다른 공식적인 행사 또한 종료된 것 같았다. 이에 과대와 학생회 멤버들은 테이블을 돌면서 분위기를 주도하며 총회의 분위기가 가라앉지 않도록 하였다.

9시가 지나자 공식적인 개강총회는 마친다는 과대의 언급이 있었고 넉터에서 행사는 모두 마쳤다. 다만 개총에서 마음 맞는 사람을 만났거나 원래 알던 무리의 학생들은 2차를 가기 위해서 삼삼오오 술집을 나섰다.

강민과 유리엘은 같은 자리에 앉아있던 김만석과 일행

들이 2차를 권했기에 넉터를 벗어나서 자리를 옮기려고 하고 있었다.

그때 다른 테이블에서 일행을 지켜보고 있던 백지호가 일행에게 다가왔다.

"안녕하세요. 민이 형, 유리 누나. 백지호라고 합니다."

백지호의 인사에 나머지 일행들은 약간 어리둥절 했지만 김만석은 깜짝 놀라며 같이 인사를 받았다. 신입생들은 백지호의 배경을 잘 모르는 듯 했지만 김만석은 선배들에게 뭔가 들은 듯 했다.

"아. 아까 총회비를 다 부담한 백지호라 했지? 그런데 무슨 일이지?"

"네. 조금 전 총회에서 유리 누나 노래를 너무 감명 깊게 들어서 제가 여기 일행분들 모시고 한잔 사고 싶어서요. 혹시 괜찮으신가요?"

백지호의 말에 강민은 다른 일행을 둘러보았다. 다른 일행들은 조금 어색한 듯 했지만 김만석이 적극적으로 고개를 끄덕였다. 아마 재벌3세니 한잔 산다는 수준도 일반인이 가는 수준이 아닐 거라고 생각했기 때문이다.

그런 김만석의 행동에 결국 새침한 우지은과 안경을 낀 안경일도 어깨를 으쓱거리며 어쩔 수 없다는 표정을 지었고 강민도 알겠다고 대답했다.

김만석의 기대와는 달리 백지호가 데려간 곳은 쿨비어라는 대학생들이 많이 가는 평범한 호프집이었다.

쿨비어는 다소 시끄러운 분위기였지만 대화가 불가능한 정도는 아닌 딱 기분좋게 흥청거리는 술집이었다.

일행이 자리를 잡자 백지호는 다시한번 자기 소개를 했다.

"경영학과 10학번 백지호입니다. 저기 만석이, 만석이라고 불러도 되지? 신입생 같은데."

"네. 네. 선배님."

"만석이는 분위기보니 아는 것 같은데, 백산그룹 회장님이 제 할아버지입니다. 나중에 알고 놀라실까봐 미리 말씀 드리는 거에요. 하하."

백지호는 1년간 미국에 있으면서 마음을 달리 먹었다. 이아현의 그 일이 있기 전까지는 자신의 신분을 밝히고 나면 유독 사람들이 어려워 했고, 그렇지 않으면 속마음을 감추고 자신을 이용하려고 했던 사람들이 많았기에 백산그룹의 손자라는 사실을 왠만하면 밝히지 않았다. 실제로 그 일 후에 많은 친구들이 떠나갔고, 많은 검은 속내를 가진 사람들이 다가왔었다.

하지만 1년간 마음을 정리한 백지호는 어차피 백산그룹의 손자라는 모습도 자신의 모습인데 굳이 그것을 숨길 필요가 없다는 생각을 했다. 친구들이 떠나간 큰 이유도 배신감이지 않았던가.

진정 친한 친구는 자신의 신분과 모습과 관계없이 자신을 바라봐 줄 것이라 생각했고, 검은 속내를 가진 사람들을 걸러내는 것은 향후 자신이 기업을 운영할 때 밑거름이 될 것이라 생각했기에, 이제는 자신의 신분을 굳이 감추지 않겠다고 마음먹었다.

그러나 지금은 그 마음 보다는 과시를 하고 싶은 마음이 더 컸다. 유리엘에게 말이다.

강민은 백지호의 두 눈에 어린 열기를 볼 수 있었다. 하지만 그 열기는 여태껏 많이 보아왔던 음습한 욕정과는 달리 순수한 열망에 가까웠다. 소년의 첫사랑 같은 열망이었다.

[쯧쯧, 유리, 또 멀쩡한 청년하나 버리는 거 아냐?]

[그래도 이런 눈빛은 오랜만인데요. 민. 귀엽잖아요. 호호.]

유리엘 역시 백지호의 눈에 담긴 열망을 느끼고 있었다. 사실 아까 장기자랑 때 노래를 하고 난 다음부터 시종일관 느끼고 있었다.

백지호는 과대를 한 경험이 있어서 그런지, 아니면 평소에도 많은 사람들을 이끌어봐서 그런지 자연스럽게 분위기를 주도해갔다.

예전 학교 생활부터 시작해서 미국 여행지에서의 이야

기, 종종 일반인들이 알기 힘든 재벌의 뒷이야기까지 거부감 없게 말하면서 분위기를 주도했는데 시선의 한쪽은 항상 유리엘에게 두고 있었다.

종종 유리엘이 이야기 할 때는 빨려 들어가듯이 보고 있는 것이 누가 봐도 호감이 있다는 것을 알 수 있었다.

강민은 청년의 순수한 열망이 더 깊어져서 스스로를 다치게 하기 전에 끊어야겠다는 생각을 했다. 음습한 기운이 조금이라도 있었다면 그것이 정도를 벗어나는 순간 [징벌]해 버렸겠지만, 백지호의 눈은 그렇지 않았다.

잠깐 정적이 흐르며 대화가 끊기는 시간이 왔을 때 강민이 말을 꺼냈다.

"지호, 나보다 어리다고 하니 말 편하게 할게."

"아. 네. 민이 형."

"단도직입적으로 말하마. 유리를 좋게 생각하는 것은 알겠지만 유리는 내 여자다."

강민은 말과 함께 백지호의 눈을 깊게 바라보았다.

백지호는 강민의 말에 부끄러움과 함께 화가 나는 것을 느낄 수 있었는데 백지호는 아무말도 할 수 없었다. 강민의 깊고 깊은 검은 눈동자가 백지호의 눈을 사로잡았기 때문이었다.

백지호는 강민의 눈에 빨려 들어가는 듯 했다. 그 곳에는 심연이 존재하는 듯 모든 것을 빨아들이고 있었다. 얼

마만큼의 시간이 지났을까. 백지호는 영혼까지 빨려들지도 모른다는 두려움이 들었다. 그 순간,

딱!

유리엘이 손을 튕겨 소리를 냈고 강민도 더 이상 백지호에게 시선을 주지 않았다.

"민, 아까 내가 말했는데 설마 지호가 딴 생각을 했겠어요? 호호."

[민, 마나 수련도 안한 아이한테 너무 심한 거 아네요?]

[아. 마나 수련도 안했는데 마나에 대한 저항력이 일반인 같지 않아서 말야… 조금 과했나?]

[설마 질투? 호호호!]

[큭….]

강민이 한 일은 마나의 영향력을 발휘하여 백지호에게 강민을 [인식] 시켜준 것이다.

강민이 유리엘을 강민의 여자라고 천명하며 백지호에게 인식을 남긴 이상, 유리엘에 대한 호감은 남겠지만 정도를 넘어서는 마음을 먹지는 못할 것이다.

악인에게는 이러한 인식은 강력한 연적의 등장만 알려주어 반발감만 키우는 꼴 밖에는 안 되겠지만, 백지호와 같은 천성이 선한 사람에게는 임자가 있다는 인식을 늘 하게하여 정도 이상의 감정으로 발전하는 것을 막을 수 있게 하였다.

백지호에게는 길었지만 실제로는 짧은 시간이라 일행은 어색함을 느끼지는 않았다. 다만 강민의 말에 강민이 좀 오바하는 것 아닌가 하는 생각을 했을 뿐이다.

"민이 형, 남자는 유리 누나 같이 예쁜 여자를 보면 자연스럽게 눈이 돌아간다구요. 설마 임자 있는 몸인데 지호 형이 딴 생각이라도 했겠어요? 헤헤."

"그래요, 민이 오빠. 유리 언니 예쁜 건 알겠는데 그럴수록 유리 언니를 더 믿어야죠. 설마 유리 언니가 다른 사람이 대쉬한다고 흔들릴거라 생각하는 거에요?"

"모르지, 백산 그룹 손자면… 윽!"

또 안경일이 눈치 없이 말을 하였고 옆에 앉아 있는 손유정이 또 옆구리를 찔렀다.

일행들의 너스레에 백지호도 정신을 차린 듯 벌컥벌컥 맥주를 마시더니 말 했다.

"민이 형, 유리 누나 너무 예뻐서 좀 훔쳐봤습니다. 다른 맘이 있는 건 아네요. 하하하."

백지호의 눈에 서린 열기가 많이 빠졌기에 강민 또한 웃으면서 말을 받았다.

"예쁘니까 미리미리 단속 하는 거다."

"네? 하하하하."

'그 눈빛은 강호형 못지 않았어. 아니 더 깊었던 것 같은데…. 설마 민이 형도 그 쪽 사람인 건가?'

백지호는 강민의 눈빛에 놀란 내심을 감추며 속으로 생각하고 있었다.

다시 웃고 떠드는 분위기가 되어 일행들은 즐겁게 이야기를 하였는데 그런 일행을 지켜보는 눈이 있었다. 그 눈은 몰래몰래 사진을 찍었는데 평소에도 유리엘의 미모에 몰래 사진을 찍는 사람이 많았기에 강민과 유리엘은 이를 알지만 딱히 제재하지는 않았다.

5장. 접근

NEO MODERN FANTASY STORY & ADVENTURE

현세귀환록

5장. 접근

붉은 톤의 웨이브진 머리의 여대생 한명이 TV 드라마에
서나 나오던 응접실에 앉아 사진을 넘겨보고 있었다. 이아
현이었다.

"이 여자는? 어디서 본 듯 한데… 아! 중도 여신이라던
그 년이네."

이아현은 어제 개총에서 강민과 유리엘, 백지호 등이 함
께 찍힌 사진을 여러 장 보고 있었다. 한 장 두 장 사진을
볼수록 백지호의 몸짓이나 태도에서 백지호가 유리엘에게
호감이 있다는 것을 한눈에 알 수 있었다.

"뭐야. 이 날 처음 봤을 건데 지호 오빠가 이런 모습이라
는 거야? 첫눈에 반했기라도 한 거야?"

이아현은 분통을 터트리며 거칠게 사진을 넘겼다.

"백지호! 단지 예쁘면 된다 이거야? 귀국한 후 나한테 연락 한번 하지 않고 딴 년에게 반했다 이거야?"

사실 백지호가 유리엘에게 반한건 외모가 영향을 미치지 않은 건 아니었지만, 외모보다는 그 분위기였다. 여러 가지 모습을 보여주는 유리엘에게서 백지호가 본 모습은 어릴 적 돌아가신 어머니의 모습이었다. 모든 걸 감싸 안아주고 포용해주는 그런 어머니의 모습, 하지만 이아현은 알 수가 없었다.

한참 동안 사진을 노려보던 이아현은 사진 속의 유리엘을 보며 내뱉듯이 말했다.

"네가 넘 볼 사람이 아닌 걸 알려줄게. 지호 오빠 옆에서 사라져줘져야겠어."

잠시 생각을 더 하던 이아현은 한쪽 옆에 검은 정장에 선그라스를 쓴 경호원을 불렀다.

"김과장님 여기 두 사람 좀 조사해줘요. 둘 다 한국대 경영학과 학생이니 찾기 그리 힘들지 않을 거에요."

"어느 수준까지 조사를 원하십니까?"

"최대한으로 해주세요. 둘과 가족과 지인까지 다."

"알겠습니다."

김현일은 이아현의 지시에 다른 경호원에게 눈짓을 보내고 자리를 비웠고 이아현은 아직도 분노에 찬 눈으로 사진을 바라보고 있었다.

✥

    개총이 있은지도 며칠이 지났고 강민과 유리엘은 개총 전보다는 다른 신입생이나 재학생들과 상당히 거리가 없어졌다. 과거에는 연예인을 보는 느낌으로 다들 다가서지 못했다면, 개총을 통해서 이제 같은 학생이라는 동질감이 생겼기 때문이었다. 지나가던 학생들도 안면이 있는 학생들은 스스럼없이 인사를 하였고 강민과 유리엘도 어색하지 않게 받아 주었다.

    특히 그때 같이 테이블에 앉았던 김만석 등의 일행과 수업도 비슷했기에 자주 뭉치며 식사를 하거나 간간히 술도 한 잔씩했다. 김만석과 같이 다니는 신입생은 안경 쓴 눈치 없는 남학생인 안경일과 안경일을 눈치주는 손유정, 새침데기 같은 우지은까지 세 명이었다.

    이런 김만석 일행은 경영학과의 여신이라고 할 수 있는 유리엘이 다른 학생들보다 자신들과 친한 것이 무슨 권력이라도 된 듯 다소 우쭐거렸고 강민과 유리엘은 그런 모습을 귀엽게 보고 있었다.

    오늘도 수업을 마치고 간단히 맥주나 한잔 하자는 김만석의 제의에 강민과 유리엘은 거절하지 않고 함께하기로 하였다.

과 건물을 나서고 있는데 BMW Z4 한 대가 과 건물 앞에 정차하더니 안에서 차와는 다소 어울리지 않게 블루블랙의 정장을 세련되게 입고 선글라스를 쓴 청년이 내렸다.

오픈 스포츠카는 언제나 사람들의 시선을 모을 수 있는 차였고 특히 스포츠카와 정장의 언밸런스 함은 사람들에게 신기하게 보였다. 그 청년은 기다렸다는 듯 차에서 내리자마자 일행에게 다가왔다.

"혹시 김유리씨 아니십니까?"

"네, 맞는데요. 무슨 일이신지?"

유리엘의 대답에 선글라스를 벗은 청년은 익숙한 듯 품속에 손을 넣더니 명함지갑에서 명함을 꺼내어 유리엘에게 건넸다. 명함에는 SG 엔터테인먼트 이사 최현호라는 이름이 적혀있었다.

명함은 받은 유리엘은 직함만 살펴보더니 다시 명함을 최현호에게 돌려주었다.

"SG 엔터의 최현호씨군요. 혹시 연예인이 되어볼 생각을 묻는다면 관심없으니 돌아가주시면 감사하겠습니다."

"네?"

"이번에 4번째인데 매번 비슷한 질문에 비슷한 대답 하는 것도 조금 귀찮네요. 다른 일이라면 모르겠는데 연예인을 제의하시는 거라면 굳이 서로 시간 낭비 하실 필요가 없을 것 같아서요."

"네 번째라뇨?"

"현호씨도 동영상 보고 오신 것 아닌가요?"

"네. 그건 맞습니다만…."

사실 이미 유리엘은 3번의 연예인 데뷔 제의를 받았다. 어떻게 알고 온지 모르겠지만 3군데 연예 기획사의 캐스팅 담당이 찾아왔었고 이런 저런 이야기를 들었지만 결국은 자기네 소속사로 계약을 해서 연예인에 데뷔하라는 것이었다.

캐스팅 담당과 이야기를 하다보니 이런 사단이 난 이유는 개총 때의 그 동영상 때문이었다. 누군가 유리엘이 장기자랑에서 노래 부르는 영상을 유투브에 업로드 했고 '한국대 이수현' 이라는 타이틀로 폭발적인 조회수를 보이며 인터넷 상에서 이슈가 된 것이었다.

당연히 인터넷상의 이슈에 민감했던 연예 기획사들이 엄청난 미모에 가창력까지 겸비한 유리엘에 눈독 들이고 접근했던 것이고, 그런 곳에 관심이 없는 유리엘에게 거절당했던 것이었다.

하지만 최현호는 조금 다른 케이스였다. 그에게는 유리엘의 데뷔는 전혀 중요한 문제가 아니었다. 어떻게 하면 유리엘을 공략하느냐가 포인트였기에 자신을 가장 어필

할 수 있는 SG엔터의 이사 직함을 내세웠던 것이고, 그 동영상은 자신이 가장 자연스럽게 접근 할 수 있는 방법이 되었던 것 뿐이었다.

사실 최현호는 유리엘의 환심을 사서 공략할 생각만 있었지 데뷔 자체는 크게 생각도 없었다. 다만 동영상을 보고 외모도 받쳐주고 가창력도 되니 공략 후에 관심이 있다면 아이돌 정도로 나와도 되지 않을까라는 막연한 생각만 했을 뿐이었다.

그래서 다른 기획사들이 그렇게 적극적으로 유리엘을 영입하려고 했던 것도 몰랐고, 더군다나 유리엘이 그런 제의를 거절할 줄은 더 몰랐기에 지금 최현호는 꽤나 당황하고 있었다.

그간 상대했던 많은 젊은 여자들은 연예인에 대한 환상이 많았기에 자신의 직함은 상대의 호감을 얻는 프리패스였었다. 그렇기에 이런 유리엘의 반응은 최현호의 시나리오에 없는 충분히 당황스러운 일인 것이었다.

"그… 그래도 잠시 이야기를 좀… 어떤 기획사와 이야기 하셨는지 모르겠지만 저희 SG 엔터는 국내 기획사 중 자타공인의 1위 기획사입니다. 저희 계약 조건을 살펴본다면 충분히 유리씨 마음에 들 것이라 생각합니다. 잠시 시간 좀 내어주시지요."

최현호는 당황한 마음을 감추고 자연스럽게 대응했다.

하지만 유리엘의 반응은 한결 같았다.

"조건은 제가 생각 있을 때 이야기이구요. 저는 전~혀 연예인에 대한 생각이 없으니 조건은 들을 필요가 없을 것 같네요. 일행이 있으니 그럼 이만."

말을 마친 유리엘은 뒤도 돌아보지 않고 일행 쪽으로 걸어갔다.

일행 중 손유정과 안경일은 그런 유리엘을 부럽다는 듯이 바라보았고, 우지은은 세련된 최현호의 모습에 호감이 가는지 연신 얼굴을 흘낏흘낏 훔쳐보았는데 결국 일행들의 재촉에 발을 옮겼다.

강민 일행이 시야에서 사라질 때까지 한참을 서있던 최현호는 약간 어처구니없다는 표정으로 혼잣말을 했다.

"뭐야? 연예인에 관심 자체가 아예 없다는 거야? 별종이네. 공략 포인트를 잘못 잡았어. 다른 쪽으로 생각해봐야겠는데? 아 젠장. 첫인상이 중요한데 처음에 아무것도 못하고 보내면 오히려 마이너스인데 말야. 뭔가 다른 조치가 필요하겠어."

잠깐 생각하던 최현호는 휴대전화를 들어 어디론가 전화를 했다.

"강실장님."

[아. 최이사님 무슨 일이십니까?]

"오늘 배우 네 명 필요한데 괜찮겠습니까?"

[배우라면?]

"전에 그 역할이죠. 저번에 손 맞춰본 친구들이 잘하던데 혹시 오늘 되는가요?"

[아~ 그 배우! 하하하. 또 작업건수 생긴 겁니까? 크크. 전에 그 친구들 요즘 단역거리도 없어서 쉬고 있는데 좋아하겠네요.]

"그 친구들 된다니 좋군요. 그럼 두 시간 안에 한국대학교 정문으로 좀 보내주십시오."

[알겠습니다. 그런데 혹시 페이는? 그 친구들이 요즘에 좀 어려워서요.]

"섭섭치 않게 쳐드리겠습니다. 저번에 두당 백이었는데 이번엔 이백 드리겠습니다. 대신 분위기 잘 잡고 합 맞춰서 잘 넘어가야 합니다."

[하하. 역시 최이사님 통이 크시네요. 그 친구들도 좋아하겠습니다. 알겠습니다. 신신당부해서 시간 맞춰 보내드리겠습니다. 허허허]

어차피 강실장이 3분지 1은 먹을 것이지만 최현호에게는 상관없는 일이었다.

강민과 김만석 일행은 학교 앞 비어 500이라는 호프집에서 간단하게 맥주를 한잔 하고 있었다. 김만석은 새침한 우지은에게 관심이 있는지 과장되게 말을 하며 우지은의 관심을 사려고 하였다.

"글쎄, 내가 아버지랑 낚시를 갔는데 진짜 이~~따 만한 숭어를 낚았다니까. 진짜 팔뚝보다 더 컸다니까."

"숭어라고? 아까 강에 낚시 갔다고 하지 않았어? 내가 알기로 숭어는 바닷고기인데?"

김만석의 과장된 표정에 우지은은 날카롭게 반박했다.

"뭐? 어… 그… 그게… 아버지가 숭어라고… 해서… 나도 잘…."

"야. 김만석, 믿을 만한 말을 해야 내가 믿어주지. 오바도 적당히 해. 누구한테 잘 보이려고 그런 거짓말까지 하는 거야."

김만석과 우지은을 제외한 나머지 네 명은 웃음을 터트렸다. 김만석이 누구에게 잘보이려고 하는지 나머지 사람들은 다 알고 있기 때문이었다. 우지은은 사람들의 웃음에 어리둥절한 표정을 지었는데 그때 안경일이 스마트폰을 토톡거리더니 말했다.

"야 만석아. 숭어는 바닷고기지만 민물에도 살 수 있고, 먹이를 구하기 위해서 종종 민물로 올라온데."

"그렇지? 그래 맞아! 우리 아버지가 낚시 경력이 몇 년인데 숭어하나 구분 못할까? 지은아 잘 들었지? 내가 거짓말 한 게 아니라니까. 진짜 이~~따 만한 숭어를 내가 잡앉어."

"흥. 뭐 소 뒷발에 쥐잡기였겠지."

일행이 이렇게 웃고 떠드는데 호프집 뒤쪽에서 정장을 차려입은 네 남자가 갑자기 시비를 걸었다.

"아, 거 좀 조용히 합시다. 뭐가 그리 시끄러워!"

체격이 건장한 남자 넷이 모여 있고 그 중 험상궂은 한 남자가 큰 소리로 일행에게 말을 하자 강민과 유리엘을 제외한 넷은 얼굴빛이 어두워졌다.

말이 끝나자마자 네 남자는 동시에 일어나서 일행에게 다가왔다.

"와. 진짜 예쁜데? 왠만한 연예인 찜쪄 먹겠어?"

유리엘을 보며 한 남자가 느물거리며 말했다.

다른 남자는 술병으로 테이블을 탕탕 치면서 공포분위기를 조성했고, 이 테이블 뿐만 아니라 다른 테이블에 앉은 사람들도 약간 두려워하는 것이 보였다. 가게 주인은 말려야 할까 경찰에 신고해야 할까 하는 표정으로 그들을 지켜보고 있었다.

얼어있는 네 명과는 달리 강민과 유리엘은 약간의 비웃음과 함께 그들의 행태를 지켜보고 있었다. 다른 사람들은 몰랐지만 강민과 유리엘에게는 그들이 누군가를 기다리고 있는 듯한 기색을 확실히 볼 수 있었기 때문이었다.

네 남자에게서 그리 악한 기운도 나오지 않았고 공포분

위기를 조성하면서도 계속 문 쪽을 흘깃 거리는 것이 곧 누군가 가게 안으로 들어올 것만 같았다.

우지은을 짝사랑하는 김만석이 용기를 내어서 대거리를 했다.

"이… 이게 무슨 짓인가요?!"

"무슨 짓? 너희들이 너무 시끄럽게 떠들어서 술을 마실 수가 없잖아! 이게 확!"

머리를 스포츠 형으로 짧게 자른 약간 뚱뚱한 남자가 김만석을 때릴 것처럼 손을 들어올렸다. 그것을 본 손유정과 우지은은 짧게 비명을 질렀다.

그 순간, 아니나 다를까 한 남자가 들어서며 크게 말했다.

"거기까지만 하지!"

최현호였다. 최현호의 외침에 네 남자는 약속이나 한 듯 손을 멈추고 최현호에게 돌아섰다.

"넌 누구야? 몸 성히 살고 싶으면 참견하지 말고 꺼져."

네 남자의 리더인지 이십대 후반 정도로 보이는 험상궂은 남자가 최현호에게 저리 가라는 손짓과 함께 말했다.

"꺼지긴 뭘 꺼져. 너희들이나 소란 피우지 말고 꺼져."

"뭐라고 이 새끼가!"

말을 마침과 동시에 험상궂은 남자는 최현호의 얼굴로

주먹을 날렸다. 하지만 최현호는 자연스럽게 그것을 피하며 오른손으로 남자의 옆구리를 가격했고 남자는 옆의 테이블을 쓰러트리며 나뒹굴었다.

이어 달려드는 세 남자들도 차례로 주먹을 휘둘렀으나 최현호는 당황하지 않고 물 흐르듯 그것을 피해내며 복부를 가격했으며 복부를 맞은 남자들을 날아가듯 쓰러지며 가게를 난장판으로 만들었다.

복부 한 두 대 맞고 그렇게 날아가는 점도 이상했고, 한 번에 덤비는 것도 아니라 순서대로 덤벼 드는 모습도 이상했다. 애초에 학생들이 자주오는 술집에 정장차림의 남자 네명이 있다는 것도 이상했지만 잔뜩 얼어있는 김만석 일행은 그것에서 이상함을 느끼기에는 너무 긴장하고 있었다.

"으… 윽…."

"이제 그만 꺼져. 사람 봐가면서 덤벼들고."

남자 넷은 한두대 맞은 것과는 달리 상당히 끙끙거리며 바닥을 뒹굴었는데 최현호의 꺼지라는 말에 도망치듯 일어나서 사라졌다.

"죄송합니다. 가게를 소란스럽게 했네요. 약소하지만 청소비에 보태시기 바랍니다."

최현호는 가게주인에게 100만원짜리 수표를 두 장 내밀며 마무리까지 하였고 김만석과 그 친구들은 넋이 나간 듯 최현호를 바라보고 있었다.

특히 우지은의 눈은 그야말로 하트라고 해도 과언이 아닐 정도로 최현호에게 푹 빠져 보였다.

마무리까지 마친 최현호는 강민 일행에게 다가왔다.

"괜찮으신가요?"

그 말에 정신을 차린 김만석은 우지은의 눈을 보고 아차하는 표정으로 최현호에게 말했다.

"누구시죠?"

"아. 아까 상경대 앞에서 유리씨를 스카웃하려던 SG엔터의 최현호입니다. 잠깐 술 한잔 하려고 여기에 왔는데 곤란을 겪고 계신 것 같아서 저도 모르게 나서게 되었네요. 소란 피워서 죄송합니다."

도와준 최현호가 오히려 정중하게 사과까지 하자 우지은은 손사래를 치면서 말을 했다.

"아니에요. 현호 선배 없었으면 우리 큰일 날 뻔했었어요. 그렇죠?"

동의를 구하는 듯 일행을 둘러본 우지은은 손유정의 끄덕거리는 고개에 힘을 얻었는지 다시 최현호를 바라보며 말을 이었다.

"그런데 같이 오셨다던 일행 분은 어디에?"

"아. 저. 그게 아까 일이 벌어질 것 같아서 오늘은 그만 들어가라고 했어. 아. 말 놓아도 되지? 신입생 같은데 말야."

"아. 네. 우지은이라고 합니다."

허술한 대답이였지만 이미 최현호에게 반한 우지은은
그 대답과는 관계없이 얼굴이 빨개지며 최현호에게 꾸벅
인사를 하였고, 김만석은 이를 못마땅하다는 듯 바라보고
있었다.

"근데 그 사람들 참 의리 없네요. 선배가 곤란한 일을 겪
을 수도 있는데 그냥 가버리구요. 괜찮으시면 우리랑 같이
한잔해요. 괜찮죠?"

마지막 물음은 앉아있는 일행들을 향해서였다. 김만석
은 못마땅한 표정이였지만 자신들을 구해준 최현호를 막
을 명분이 없는지 나서지 못하였고, 손유정 또한 찬성하는
분위기라 자연스럽게 합석을 하였다.

이런 저런 허점이 또 보였지만 아직 순진한 대학 신입생
들은 여전히 그런 허점을 발견조차 못하였다. 다만 강민과
유리엘은 처음부터 지금까지 시종일관 약간의 비웃을 띤
얼굴로 그 모습을 보고 있을 뿐이었다.

[민, 여기서도 이런 연극을 하는가요?]

[글쎄, 여기서는 나도 처음 보는데 사람 사는 곳이라면
얼마든지 있을법한 일이지 뭐. 근데 참 어설프네. 이런 연
극 여러번 봤는데 이리 어설픈 건 처음이야. 합도 안 맞고,
리얼리티도 떨어지고. 저거 맞고 쓰러지는 녀석이 어디있

겠어? 피 한방울 안 났는데 말야. 허참.]

　[호호호. 그러게요. 근데 여기 애들은 완전 넘어간 것 같은걸요? 그리고 저 녀석의 눈을 보니까 왠만한 색마 버금가겠는데요?]

　강민과 유리엘은 최현호 눈 깊숙이 숨겨져 있는 색욕을 볼 수 있었다. 그 욕망의 주된 타겟은 유리엘인 것 또한 알 수 있었다.

　[아예 없애버리긴 좀 그렇고 그 짓만 다시 못하도록 할까?]

　[그래도 아직 우리에겐 아무 짓도 안했는데 너무 가혹한 일 아닐까요?]

　[저 녀석의 눈을 보니 그간 억울하게 당한 여자가 한 둘이 아닐 것 같아. 적당히 사회 정의를 실현해 주지 뭐.]

　[자신이 왜 그런 일을 당하는지 정도는 알아야 반성의 여지가 있겠죠. 조금 기다려 봐요. 본색을 드러내면 제가 처리할게요.]

　[귀찮지 않겠어?]

　[귀찮긴요. 후훗. 간만에 이런 일이라 너무 재미있는데요? 저번 차원에선 '군림'을 행동양식으로 잡았더니 다들 굽신거리기만 해서 이런 재미는 없었잖아요. 차라리 '암중지배'가 낫지 말이에요.]

　[하긴 마나문명도 별로 발달하지 않은 곳에서 실력발휘

몇 번 했더니 다들 신격화해서 좀 그랬긴 했지. 알겠어, 유리 생각이 그렇다면 잠시 두고 보지 뭐.]

강민과 유리엘이 전음으로 자신의 처분을 저울질 하는 것도 모르는 채, 최현호는 능수능란한 화법으로 일행의 주의를 집중시켰다. 지금 최현호는 과거에 박민주를 드림걸즈에 데뷔시킨 이야기를 하고 있었는데 연예인의 뒷이야기는 순진한 젊은 학생들에게는 마약보다도 자극적인 이야기였다.

"그렇게 내가 민주를 발굴했다니까. 우연히 내가 인문대 수업을 듣지 않았다면 드림걸즈의 박민주는 없었겠지. 인문대 얼짱 박민주만 있었을 테고."

"와. 그럼 민주 언니는 현호선배가 직접 키운거나 마찬가지네요."

"그렇지, 연습생 출신도 아니어서 내부 반발이 만만치 않았는데 내가 민주의 가능성을 믿고 밀어 붙인거야. 저기 유리씨도 내가 밀어붙이면 반짝 인터넷 스타가 아니라 롱런하는 진짜 스타가 될 수 있어."

가능성이 아니라 한동안 박민주의 몸에 빠졌던 최현호가 박민주의 육탄공세에 밀려서 밀어붙인 것이었지만 결과가 상당히 좋았기에 큰 뒷말은 없었다.

최현호는 말을 하며 유리엘을 슬쩍 봤지만 여전히 유리엘은 무관심한 표정으로 최현호의 이야기를 흘려듣고 있었다.

'아. 그러고 보니 민주랑 한지도 좀 됐네. 조만간 오피스텔로 한번 불러야겠네. 근데 저 년은 진짜 철벽이네. 이렇게까지 관심이 없나? 저 놈 때문인가? 역시 둘 사이를 갈라놔야 승산이 있겠어.'

대충 최현호가 무슨 생각을 하는지 짐작이 가는 유리엘은 속으로 나는 웃음을 참고 있는 중이었다. 최현호의 음흉한 생각과는 달리 유리엘에게 최현호는 평범한 일상에 살짝 재미를 주는 가벼운 게임 정도의 취급 밖에 안 되고 있었다.

분위기는 무르익어서 최현호는 자신이 2차를 사겠다며 밖으로 나가자 하였다. 김만석은 우지은이 점점 최현호에게 빠지는 것 같자 불안 불안해 하였지만 나머지 일행들이 찬성을 하니 어쩔 수 없이 따라 나섰다.

1차의 계산도 최현호가 하려 하였지만 아까 주인이 2백만원 받은 게 있어서 그런지 몇 만 원의 술값은 따로 받지 않았다. 술집에서 나와 2차는 좋은 곳으로 가자며 최현호가 너스레를 떨 때였다.

"우린 이만 빠질게. 컨디션이 별로라서 가봐야 할 것 같아."

유리엘이 선수를 치며 빠졌다. 유리엘의 말에 최현호는

표정이 변했다. 최현호의 타겟은 유리엘이였기에 다른 사람들은 2차를 가든 말든 관계가 없지만 유리엘이 빠지면 이야기가 달라지기 때문이었다.

"형, 누나~ 같이 가요~, 재미있게 놀고 있었자나요. 딱 이차까지만 해요."

"언니가 컨디션이 안 좋다 하잖아. 우리끼리 가자. 현호 선배가 쏜다잖아."

김만석은 강민과 유리엘을 잡고 싶어 했지만, 우지은은 최현호가 계속 유리엘을 의식하는 것을 알았기에 유리엘이 빠져준다 하니 기분이 좋아서 그 둘을 보내고 2차를 가자고 하였다.

우지은이 최현호에게 빠지는 건 이상한 일은 아니었다. 최현호는 180센티미터의 키에 운동도 좀 했는지 몸매도 나쁘지 않았고, 얼굴 또한 눈매가 약간 가늘어 다소 비열한 이미지를 주지만 결과적으로 잘생긴 편이었다.

결정적으로 SG엔터 사장 아들에 최현호가 잘만 봐준다면 연예인 데뷔까지 되는 상황이니, 우지은이 최현호를 마음에 들어하는 것은 당연한 것일 수도 있었다. 게다가 위험에서 자신을 구해주지 않았던가? 백마탄 왕자가 오늘 나타났다 해도 괜찮을 상황이었다.

최현호는 잠시 우지은을 보며 고민했다.

'저 년은 조금만 더 찌르면 오늘 먹을 수 있겠는데? 뭐

저 정도면 얼굴도 나쁘지 않고, 몸매가… 좀 가슴이 작긴 해도 뭐. 한번 먹긴 괜찮지. 귀찮게 달라붙으려나? 아. 근데 저 년 먹고 나면 유리는 먹기 힘들 것 같은데. 같이 다니니 금세 이야기 할 테니. 하긴 어차피 유리만 먹고 나면 나중에 저 년은 얼마든지 공략 가능하니까 그 때 다시 생각해봐야겠다.'

떡 줄 사람은 생각도 안하는데 최현호 머리속에는 연애 시뮬레이션이 돌아가고 있었다.

유리엘은 최현호의 음심이 우지은에게도 향하는 것을 알아채고 바로 조치를 취하려 하다가 다시 자신에게로 초점이 맞춰지자 흥미롭다는 듯이 강민과 눈을 맞췄다.

[지은이는 잡은 고기라 이거지. 큭. 여튼 잘못하다가 지은이가 저 놈 수작에 넘어갈 수 있으니 너무 시간 끌지 말어. 유리.]

[저 녀석 분위기 보니까 오늘 중에 다른 일 벌일 것 같은데 그거 보고 끝내죠 뭐. 호호.]

최현호의 고민이 끝났는지 일행의 시선을 집중시켜 말을 꺼냈다.

"민씨랑 유리씨도 간다고 하니 오늘은 이만 끝내지요. 다음번에 좋은 기회 만들어요."

"아~ 선배 너무 아쉬워요."

"연락처는 다 주고 받았으니까 오늘 말고 다음에 연락

하면 선배가 술 사줄게. 다음엔 선배 말고 오빠라 불러."

"네. 오빠. 헤헷."

우지은에게 여지를 남겨두는 것을 잊지 않는 최현호였다.

"유리씨는 어디로 가시는지?"

"저희는 잠깐 걷다가 들어 갈 생각이에요."

"유리씨 그래도 같이 술자리도 했는데, 제가 우리 회사 조건을 설명할 수 있는 시간 잠시만 주실 수 있겠어요? 어디 가자는 것도 아니고 잠시 걸을 때 설명하면 됩니다."

"음… 그럼 그렇게 하죠."

일행들을 다 보내고 강민과 유리엘, 최현호는 캠퍼스로 들어가 산책 아닌 산책을 하였다.

저녁이라 그런지 캠퍼스엔 사람이 별로 없었는데 최현호는 앞서서 걸으며 유리엘에게 계약 조건 등을 설명하며 좀 더 인적이 드문 곳으로 일행을 이끌었다.

체대 앞쪽 벤치에 다다르자 최현호는 커피를 한잔 사온다고 강민과 유리엘을 놓고 사라졌다. 10여분이 지나도 최현호는 돌아오지 않았다.

"여기서 또 뭔 수작을 보이려고 하는 것 같죠?"

"분위기로 봐선 강제로 하려는 건 아닌 것 같고, 또 누군가를 부를 것 같네. 여기로 슬금슬금 다가오는 녀석들이 그 녀석들 같은데."

"참 창의성 부족하네요. 또 같은 패턴이라니."

"그러게 말야."

주위에는 아무도 보이지 않았지만 강민과 유리엘은 누군가 올 듯 이야기를 했고 조금이 지나자 아까 연기했던 네 명의 남자들이 다시 나타났다.

"이 녀석들 아까 술집에서 그 연놈들이잖아!"

"그러게!"

뭔가 어색한 발연기였지만 강민과 유리엘은 굳이 지적하지는 않았다.

"뭐냐?"

"뭐냐? 라고? 이 새끼가 겁대가리를 상실했나. 확! 여자나 놓고 꺼져. 괜히 여자 앞이라고 허세부리다 죽는 수가 있어."

창의력 없는 남자는 아까 김만석을 위협하듯 손을 들었는데, 배우로서 성공하기는 글렀다는 생각이 들 정도로 어색한 연기였다.

만약 강민이 일반인이었다면 으슥한 곳에서 자신을 위협하는 남자 네 명과 마주친 상황이니 당황하고 겁먹어서 그런 어색한 점을 찾지 못했을 테지만 강민은 보통사람이 아니었다.

"딱 보니 제대로 사람 때려보지도 못한 친구들 같은데 그만하고 사주한 놈이나 불러."

"뭐라고?!"

남자가 반발하려고 할 때 강민이 마나를 쏘아보냈다. 그 남자 뿐만 아니라 네 명의 남자 모두 갑자기 오한이 들고 호랑이 같은 맹수가 자신을 노려보는 섬뜩함을 느꼈다.

"무…무…슨 짓이냐?"

개중에 한명이 그래도 담이 센지, 선천적인 마나 저항력이 있는지 간신히 목소리를 내었다.

"호오. 이정도면 일반인 수준에선 말도 하기 힘들텐데. 대단한데? 여튼 너희들은 그만가고 앞으로는 이런 일 하지 마라. 괜히 돈 몇 푼에 이 짓하다 사람 잘못만나면 몸 성히 다니기 힘들 거다."

강민은 말과 함께 손을 내저었고 네 명의 남자는 바닥에 뒹굴었다가 벌떡 일어나서 사방으로 도망쳤다.

"나무 뒤에 있는 최현호씨 잠깐 나와서 이야기 좀 합시다."

최현호는 남자 네 명을 손도 대지 않고 날려버리는 강민의 비현실적인 힘을 보고 멍하게 바라만 보고 있다가 강민이 부르는 소리에 흠칫 놀라며 도망치려 하였다.

최현호가 도망치는 모습을 보고 유리엘이 최현호를 향해 손을 뻗었고 최현호는 뒤에서 무엇인가 잡아 당긴 듯이 허공을 날아서 강민과 유리엘 앞에 떨어졌다.

우당탕탕~!

"뭔가 재미난 일을 벌일 줄 알고 기다렸는데 고작 이 정도라니 실망인데요. 최현호씨."

"무… 무…슨 말을 하시는지… 이해가…."

"그럼 왜 도망치려 했나요?"

"그…건 네 명이 덤비니까…."

최현호가 도망간 순간은 네 명이 나가떨어진 다음이었지만 최현호는 당황해서 그냥 머릿속에 생각나는 대로 말을 했다.

"아까 한 순간에 처리한 네 명 아니었나요?"

"아. 그…그건 멀리 있어서 잘 보이지가…."

"술집에서도 처음 보는 네 명을 잘 처리 하지 않았나요?"

"그… 그…것은…."

당황한 최현호는 갈수록 말이 꼬여갔고 횡설수설 하며 말을 이었다.

"대충 보니 저 남자들로 민을 내쫓고, 본인이 영웅이 되어서 날 꼬셔보겠다? 그리고 술 한잔 더하면서 분위기 만들어서 잘되면 넘어트려 보려고 한 것 같은데. 식상하네요 식상해."

"어… 어떻게…. 헛… 아니 그런 증거 있습니까? 저는 그냥 선량한 시민일 뿐입니다. 지금 절 보내주시지 않으면 경찰에 신고하겠습니다."

최현호는 스스로 자백할 뻔하다가 정신을 차렸는지 경

찰 운운하면서 강하게 나왔다.

"그래 보내줄게. 대신 앞으로 이 짓하긴 힘들거야."

"네. 그게 무슨? 윽!"

유리엘은 최현호에게 간단한 손짓을 했는데 갑자기 최현호는 중요부위가 불에 타는 것처럼 아파왔다.

"앞으로는 착하게 살렴. 이제부터는 아무데서나 그 끝을 놀릴 수는 없을 거야."

"뭐! 지금 내게 무슨 짓을 한 거냐!"

"그간 많은 여자들을 울리고 다닌 벌이라고 할까? 지금 네가 하는 행동들을 보니 여자들에게 부드럽게만 대하지는 않았을 것 같은데 말야. 강제로 한 경우도 많지?"

"그… 그…건…."

"그래서 앞으로는 남자구실 하긴 좀 힘들 거야. 다만 영원한 건 아냐. 네가 진정한 사랑을 만나게 되면 그 저주는 풀릴 거야."

"진정한 사랑? 저주?"

"그래, 진정한 사랑. 네 머리가 아닌 네 마음이 한 여자를 진정 원하면 그리고 그 여자도 너를 진정으로 원하면 관계를 할 수 있으니 너무 걱정은 하지 말어. 결국 내가 네 소울메이트를 찾아주는 거니 나중에 고마워 할지도 모르지. 호호호."

사실 유리엘이 최현호에게 건 주문은 저주 마법의 일종이라기보다는 수호 마법의 일종이었다. 어느 여마법사가 너무 사랑하는 남편의 외도를 막기 위해서 개발한 마법으로 남성용 정조대에 가까운 마법이었다.

이 마법은 외도한 여자와 진정한 사랑에 빠진다면 소용이 없다는 단점이 있었으나 당시 그 마법사는 진정한 사랑이라면 보내 줄 수 있다는 생각이었을 지도 모른다.

하지만 결국 이런 조치에 그 마법사의 남편은 여마법사에게 조차 사랑을 느끼지 못하였고 여자에 대한 환멸이 생겨 평생 성불구가 되고 말았다는 후일담이 있지만 최현호는 알 수 없었다.

[저 놈이 진정한 사랑을 만날 수 있을까?]

[지금으로 봐선 그럴 가능성이 없어 보이지만 사람일은 모르잖아요. 극적인 개과천선을 할지. 그런게 인간 세상의 재미지요.]

[하긴 그냥 불구로 만들어버리는 것보다 이게 더 흥미진진하겠네.]

[그렇죠? 어차피 마법이 풀리면 제가 알 수 있으니 과연 이 녀석이 나중에 누구랑 진정한 사랑에 빠지는 지도 두고 볼 일이죠. 아마 지금의 성향으로 봐선 못만날 가능성이 크긴 하지만요.]

강민과 유리엘에게 혹시 모르는 최현호의 복수 따위는

신경조차 쓰이지 않았다. 사람이 파리의 날개를 뜯어 놓고 죽이지 않는다고 혹시 모를 파리의 복수를 걱정하지는 않는 것처럼, 강민과 유리엘에게 최현호는 그 정도의 가치밖에 없는 인물이었다.

유리엘의 말을 마지막으로 강민과 유리엘은 최현호의 시야에서 사라져갔다.

중요부위의 화끈거림이 멈추자 최현호는 바닥에서 일어나서 강민과 유리엘이 사라져 간 곳을 보고 있다 내뱉듯이 말을 했다.

"진정한 사랑? 웃기고 있네. 진정한 사랑 같은 게 어디 있어? 다들 서로의 필요에 의해서 만나고 떡치고 헤어지는거지. 근데 나한테 진짜 무슨 짓을 한 거지. 거기가 왜 그리 아팠던 거고."

✣

나름 굴욕을 당하고 오피스텔로 돌아온 최현호는 혹시나 하는 심정에 자신이 모은 컬렉션을 보면서 자위를 하려고 하였다. 하지만 그의 물건을 일어서지 못했다.

"뭐야! 진짜 안 되는 거야?! 아니야. 오늘은 내가 너무 피곤해서 그런 걸 거야. 아니면 자극이 너무 약했나? 그래 좀 있다 민주를 불러보자. 그 년의 몸이라면 충분한 자극이 될 거야."

당황해서 혼잣말을 하던 최현호는 휴대전화를 들고 드림걸즈의 박민주에게 전화를 했다.

[어? 오빠 웬일이야?]

[오늘 밤에 오피스텔로 와.]

[뭐? 오늘은 스케줄 때문에 안 돼.]

[오라면 와! 누구 덕에 네가 그 자리에 있는데!]

[……알겠어. 스케줄 최대한 빨리 마치고 갈게….]

뚝!

보통은 박민주 또한 어느 정도 인지도 있는 연예인이었기에 평소에는 심한 말을 하지 않고 서로 좋은 분위기에서 기분 좋게 관계를 하였지만, 오늘 최현호는 그럴 기분이 아니었다. 지금 당장이라도 박민주를 불러와서 물건의 건재함을 확인하고 싶었다.

세 시간 정도가 지나자 박민주가 오피스텔로 들어왔다.

"오빠, 오늘 왜 그래? 평소와 너무 다르잖아."

박민주는 행사를 갔다 바로 왔는지 진한 화장에 코트 속에는 무대의상이라 평소 같았으면 최현호의 성욕을 한껏 자극할만한 모습이었다.

박민주는 아주 예쁜 얼굴은 아니었지만 165cm 정도의 보통 키에 상당히 귀여운 얼굴을 가진 아이돌로 그녀의 가장 큰 매력포인트는 터질듯한 가슴이었다. 귀여운 얼굴과는 언밸런스한 풍만한 가슴이 그녀를 어필하게 하였고, 그것이 최초 최현호의 눈을 사로잡았던 무기이기도 하였다.

오늘도 그 풍만한 가슴을 포인트로 한 무대의상이라 남자들의 성욕을 충분히 자극할만한 의상이었지만 최현호의 물건은 여전히 반응이 없었다.

"오빠 씻고 올게."

"아니 씻지말고 이리와봐."

"참 오늘 오빠 이상하다. 그간 많이 고팠어? 호호호."

최현호는 박민주를 안고 침대에서 애무를 시작했지만 그의 물건은 반응이 없었고 최현호가 반응이 없자 박민주가 최현호를 애무하기 시작했다.

박민주는 최현호를 정성껏 애무하였지만 여전히 그의 물건은 반응이 없었다.

"뭐야 오빠? 오늘 피곤해서 서지도 않는데 나보고 이렇게 급하게 오라고 한 거야?"

최현호는 박민주의 앙칼진 질문에 대답조차 할 수 없었다. 박민주의 애무에도 반응하지 않는 물건을 보며 충격에 빠진 얼굴이었다.

"오빠 왜 그래? 몸이 안 좋으면 그냥 쉬어. 이런 날도 있지 뭐. 오늘은 오빠가 몸이 안좋은거 같으니 나 그만 갈게."

육감적인 몸매의 박민주는 최현호를 위로해주었다. 하지만 뒤돌아서며 옷을 입어 갈 때 얼굴에 비치는 비웃음을 최현호는 보고 말았다.

"당장 꺼져!"

"뭐야? 아. 진짜 오빠 오늘 이상하네. 기분 나빠! 당분간 연락하지 마!"

"당장 꺼지라고 이년아!"

쾅!

서둘러 옷을 입은 박민주는 얼굴에 비웃음을 지우지 않은 채 오피스텔의 문을 거칠게 닫고 나갔다.

오피스텔 안에는 넋이 나간듯한 표정의 최현호가 뭔가 중얼거리며 하염없이 그의 물건을 바라보고 있었다.

"내가 고자라니… 내가 고자라니…."

✣

"아가씨, 조사 끝났습니다."

"고마워요, 김과장님."

"그런데 밝혀지지 않는 부분이 많았습니다."

"밝혀지지 않는 부분요?"

김현일 과장이 대답 없이 황색의 종이봉투를 이아현에게 건넸고 이아현은 자연스럽게 받아서 봉투의 끈을 풀어

봉투를 열었다.

봉투 안에 A4용지를 한 장씩 넘겨가다 이아현이 놀란 듯 말했다.

"뭐야, 유부녀였어? 단지 커플이 아니고 결혼한 사이였단 말이지?"

"네, 작년에 혼인신고를 했더군요. 지금도 강민의 가족과 김유리는 같이 살고 있습니다. 강민은 10년간 실종되었다가 작년에 주민번호 말소 해지가 되었고, 김유리는 아예 주민등록 자체가 작년에 처음 이루어졌었습니다. 출입국의 기록이 없는 걸로 봐선 국내에서 납치되었다가 풀려났을 수도 있고, 해외로 빼돌려졌다가 밀항으로 들어왔을 가능성도 있을 것 같습니다. 주민등록이 되고 얼마 지나지 않아 혼인신고도 이루어 진 것으로 보아 애초에 같이 있었을 가능성이 높습니다."

"납치? 밀항?"

"조사해보니 실종 전의 강민은 고등학생으로 사망한 부친 강철수의 뒤를 이어 가장이라고 해도 과언이 아니었죠. 책임감도 강하고 사리분별도 뚜렷해서 부친 사망 후 정신 못 차리고 있던 모친 한미애를 대신해서 신문배달도 하는 등 실질적인 가장 역할을 했다고 하더군요. 이런 상황에서 무책임하게 사라지지는 않았을 것 같고 납치되었을 가능성이 큽니다."

"그럼 어떻게 갑자기 이렇게 나타나게 된 거죠?"

"그 부분은 드러나지 않았습니다. 주위에 탐문한 결과 외국에서 일하다가 들어왔다는 식의 두루뭉술한 이야기만 있는데, 아직 밝혀진 바는 없습니다."

"그야말로 10년간 흔적조차 없었다가 갑자기 나타난 거네요."

이아현은 잠시 서류를 놓고 테이블에 물을 한잔 했고 김과장은 말을 이었다.

"그렇습니다. 하지만 갑자기 나타난 것까지는 납치에서 풀려났다는 가정을 할 수 있는데 집이나 차를 구매한 자금 출처가 명확하지 않습니다. 결제는 디멕스의 블랙카드로 했는데 어떻게 블랙카드를 가지게 되었는지 알 수가 없었습니다. 애초에 디멕스의 블랙카드는 VVIP나 구할 수 있다는 점을 생각하면 강민이 그것을 가지고 있는 것 자체가 의문이더군요."

"디멕스의 블랙카드? 거기 블랙카드는 최소 재산 1조 이상의 자산가나 연수입 1000억 이상의 사업가한테나 발급해주는 것 아녔나요?"

"네, 암암리에 그렇게 알려져 있지요. 공식적인 입장은 추천 가입이라 하지만 최소 그 정도 수준은 되어야 발급된다고 알려져 있습니다."

"그런데 강민이 어떻게?"

"그 부분이 의문이지요. 하지만 디멕스사를 조사하여 강민의 카드발급 내역을 확인하는 것은 저희도 상당한 부담을 져야하기에 거기까지 접근하지는 않았습니다. 해커를 고용해서 시도 한다면 불가능할 것 같진 않은데 유니온 그룹의 디멕스사를 불법 해킹했다가 적발되면 큰 문제가 될 수 있기에 거기까진 시도하지 않았습니다."

"잘하셨어요. 만에 하나지만 이런 일로 아버지나 할아버지께서 신경을 쓰시게 할 필요는 없겠죠. 근데 대체 어떻게 블랙카드를 발급받게 된 거지?"

이아현은 여전히 서류에서 눈을 떼지 못하고 고개를 갸웃거렸다.

"그 부분은 밝히지 못하였습니다. 나머지 가족 사항으로는 강민의 모친 한미애와, 여동생 강서영이 있습니다. 아까 말씀드렸다시피 강민의 부친 강철수는 IMF 외환위기 때 사업의 실패로 빚을 갚기 위하여 보험금을 노려 사고사를 위장하여 자살 한 것으로 보입니다."

"그 시절엔 비일비재 했던 일이죠."

"그렇습니다. 그 이후로 강민이 신문배달을 하면서 살다가 강민이 사라지고 난 후 모친 한미애가 작은 식품공장을 다니며 강서영을 키웠습니다. 한미애나 강철수나 고아출신이라 다른 친척은 없었고, 이 후로 한미애의 행적은 특이사항이 없습니다. 강서영은 어려운 환경에서도 꽤나 공부를 잘했는지 지금 한국대 불문과에 재학 중입니다. 즉, 강민과 김유리 말고는 다른 가족은 평범한 보통사람으로 보입니다. 가족 말고 다른 특별한 지인으로 보이는 사람은 없는데, 다만 최근 같은 과 신입생인 김만석, 우지은, 안경일, 손유리와 자주 어울리더군요. 사진은 서류에 첨부되어 있습니다."

강민과 유리엘의 조사 보고를 들은 이아현은 잠시 생각에 잠겼다.

'갑자기 나타난 졸부 정도인 줄 알았는데 뭔가가 있다 이거네. 블랙카드라…. 여튼 지호 오빠는 이 둘이 부부인 건 알고 있을까? 일단 그 정도만 알려줘도 지호 오빠 성격에 유리라는 여자에게 더 이상 마음 주지는 않을 것 같네. 뭐 그렇다면 경쟁자는 아닌가? 호호.'

일단 이아현은 유리엘이 경쟁자가 아니라는 사실에 만족을 했다.

생각을 마친 이아현은 휴대전화를 들어 백지호에게 전화를 걸었다.

뚜~~뚜~~뚜~~

[여보세요? 누구십니까?]

"뭐야? 오빠 내 번호도 저장 안해둔거야?"

[아. 아현이구나. 무슨 일이야? 이 번호는 어떻게 알았어?]

"다 아는 수가 있어. 그리고 무슨 일 있어야 전화하는 사이인 거야 우리가?"

[…우리가 무슨 사이인데?]

저번에 밀어붙였다가 단호하게 거절당한 기억이 있었고, 백지호는 밀어붙인다고 넘어오는 남자가 아니라는 것을 재작년에 확실히 깨달은 이아현은 더 이상 백지호를 푸시하지 않았다.

"오빠 동생 사이지 뭐~, 동생이 오빠한테 연락 하는 것도 안돼?"

[아냐. 하하. 그래 오빠, 동생 사이 좋지 하하.]

과거 이아현의 고백이 부담스러웠던 백지호는 이아현이 이렇게 순순히 오빠, 동생 사이라고 인정하자 다소 마음을 놓았다.

예전엔 자신이 백산그룹의 손자라는 사실을 학교에 오픈한 이아현에게 약간의 원망도 있었지만 마음을 정리한 백지호에게 지금은 그런 마음이 없었다.

미국으로 간 후 한 번도 연락을 하지 않았기에 이렇게 전화 온 것이 이아현이 과거의 일로 사과하기 위해서 전화한 것이 아닐까라는 생각을 했지만 역시 이아현은 사과할 생각이 없었다. 이아현 스스로는 그것이 잘못이라는 생각조차 하지 않았기 때문이었다.

백지호도 도도하고 당당한 이아현의 모습을 생각해 볼

때 사과는 이아현에게 어울리지 않는다는 생각을 했다.

[그런데 진짜 무슨 일이야?]

"아. 오빠 과에 이번에 엄청 예쁜 '유부녀'가 신입생으로 들어왔다면서?"

[유부녀? 누구 말하는 거야?]

"작년에 중도여신이라고… 유명하다던데 오빠 몰라? 이름이 김…유리 라고 했던가?"

[유리 누나? 유리 누나가 유부녀였어? 그럼 남편은 민이 형인가….]

"오빠도 알고 있네. 그래 강민이 남편이라는 것 같더라구."

[아…. 그래서 민이 형이 그 때 그 말을 한 건가….]

백지호의 마지막 말은 이아현에게 하는 말이라기 보다는 혼잣말에 가까웠다.

'뭐야? 뭔가 알고 있었다는 눈친데?'

이아현은 백지호의 혼잣말에 백지호가 뭔가 알고 있었다는 듯한 뉘앙스를 느꼈다.

[그런데 이 말하려고 전화 한거야?]

"아… 아니. 오빠 귀국하고 한 번도 못 봤으니 한번 보자고 전화 한건데 갑자기 친구한테 들은 이야기가 생각나서 말야."

[한번 보자고?]

"그래. '오빠 동생' 사이로 보는 거니 부담갖지 말고!"

[아. 그래 하하하. 부담 없이 나갈게.]

"그럼 이번주 토요일 7시에 '르 마리' 에서 봐."

[그래 알겠어. 그럼 그때 봐.]

이아현은 전화를 끊고 잠시 생각에 잠겼다.

'일단 유리인가 뭔가 하는 년하고 지호 오빠는 엮일 가능성이 없을 것 같고… 대체 강민이 어떻게 블랙카드를 가지게 된 거지? 뭐 급한 것도 중요한 것도 아니니 차차 알아보던가 하지 뭐.'

생각을 정리한 이아현은 강민 일은 잊고, 백지호를 다시 만날 생각에 기분이 들떴다.

❖

이아현은 확실히 하기 위해서 수하라고 해노 괜찮을 친구에게 강민과 유리엘의 결혼사실을 소문내게 하였다. 처음엔 소문을 들은 학생들이 뒤에서 약간 수군거렸다. 단순한 연인사이와 부부사이는 차원이 다른 이야기이기 때문이었다.

하지만 애초에 강민과 유리엘은 결혼 사실을 숨길 생각이 없었고, 소문을 들은 김만석 등이 물어봐도

"법적으론 혼인신고를 한 부부사이가 맞아. 다만 졸업

후에 결혼식을 하려고 했으니 단지 말을 하지 않은 것뿐인 걸? 부부사이인데 나중에 결혼식을 또 한다고 하면 이상하잖아. 호호호."

이런 식으로 대수롭지 않게 대응하였기에 주위에서 놀라는 것이 오히려 더 이상하게 되어 버렸다.

사실 둘은 수많은 차원을 몇 만 년간 돌아다니면서 결혼식을 치른 경험만 백 차례가 넘었다. 둘은 필요 없다고 했지만 둘을 추종하는 사람들에게는 중요한 문제였고, 지인들을 모은 작은 규모의 결혼식에서부터 제국 주최의 결혼식이나 대륙 전체의 축복 속에서 한 결혼식도 꽤나 되었기에 결혼식이라는 행사 자체는 둘에게 전혀 중요하지 않았다.

다만 어머니 한미애와 동생 강서영은 둘의 결혼식을 꼭 보고 싶어 했기에 졸업 후에 결혼식을 올리는 것에 동의를 한 것 뿐이었다. 이런 상황이니 결혼 했다는 사실을 감출 것도 아니었고 굳이 드러낼 필요도 없었다.

물론 둘의 결혼 소식에 마치 인기 여자연예인이 결혼한 것처럼 여자들은 내심 다행스럽다는 안도의 한숨을 내쉬었고, 남자들은 강민에 대한 부러움과 유리엘에 대한 상실감에 한숨을 내쉬었다는 뒷이야기도 있었지만 여전히 둘에게는 관심 밖의 이야기였다.

여튼 결혼 사실이 밝혀졌기 때문에 남자친구라 생각했

던 강민의 존재에도 불구하고 선망의 대상이었던 유리엘의 인기는 많이 사그라 들었고, 그에 대한 반작용으로 오히려 학생들이 더 편하게 강민과 유리엘을 대할 수 있게 되었다는 장점도 있었다.

6장. 축제

NEO MODERN FANTASY STORY & ADVENTURE

현세귀환록

6장. 축제

중간고사도 끝나고 본격적인 축제 시즌이 막이 올랐다.

원래 한국대학교의 축제는 재미없기로 유명한 축제였지만, 자유전공학부가 생기면서 이야기는 완전히 달라졌다.

그간 한국대학교의 축제가 재미없었던 이유는 타 학교처럼 가수나 개그맨 등 연예인을 부르는 행사 같은 걸 일체하지 않았기 때문이었다. 굳이 학생들의 학생회비를 일회성에 그치는 연예인을 부르는데 쓸 필요가 있냐는 전통 아닌 전통이 있어서였다.

그래서 한국대학교의 축제는 학생들의 체육대회나 주점, 학생 수준의 연극, 노래자랑 등 간단한 이벤트 정도로만 그치는 경우가 많았다. 따라서 타대생이나 일반인은 물론이고 축제에 참여하지 않는 학생들에게까지 호응을 얻지 못하는 경우가 많았다.

하지만 자유전공학부가 생기며 당시 자유 전공학부의 과대표가 과 학생들의 부모님들께 후원을 요청했고 많은 재벌이나 졸부 등 부자 학부모가 그에 동의하여 많은 지원을 하였다.

이로서 학생회비의 사용 없이 타학교와 마찬가지로 유명 가수의 축하공연이나, 유명 개그맨의 행사진행 등이 이루어졌다.

대학물을 먹었다 할지라도 학교나 집에서 공부만 공부만 하던 모범생인 학생들이 대부분인 한국대학교였기에 이러한 축제 분위기를 처음 만끽한 학생들의 반응도 뜨거웠다.

기부금 입학으로 들어온 자유전공학부의 이미지를 개선하는데도 상당한 도움을 주었기에 이후로 자유전공학부의 축제 보조는 일종의 관례처럼 굳어져 갔다.

특히 SG 엔터의 사장 아들인 최현호가 입학한 이후로 SG 엔터 소속의 유명 연예인들이 싼 값에 축제에 와서 분위기를 북돋아 주었기에 올해도 학생들의 기대는 컸다.

"창민아. 현호는 여전히 학교 안 나오니?"

"네. 세진이형 학기 초에 잠깐 나왔다가 그 뒤론 아예 안

나오는 거 같더라구요."

"아. 이 자식은 휴학한 것도 아닌데 왜 이렇게 학교에 안 나와!"

"뭐 이대로면 올 D- 찍겠죠. 어차피 학점에 신경쓰는 놈도 아니니 애초에 출석 같은 것 신경 안 썼을 거에요."

자유전공학부의 학생들은 아무리 못해도 F 학점을 주지 않는 것이 거의 관례화 되어 있었기에 학점 미달로 졸업을 걱정하는 학생은 없었다. 그 학점으로 졸업해도 어차피 가업이 있거나 일하지 않고 먹고 살만했기 때문에 취업을 걱정하는 일반 대학생과는 달랐다.

"혹시 또 여자한테 작업 건다고 그러는 거 아냐? 창민이 너도 전혀 소식 들은거 없어? 그래도 너희 둘은 꽤 친했잖아."

"가끔 통화는 했는데 학교 올 생각은 전혀 없고 무슨 치료 받는다고 여기저기 돌아다니는 거 같더라구요."

"치료? 무슨 치료? 나한텐 별 말 없던데?"

현승그룹의 현승 종합병원은 국내에서도 알아주는 대형 종합병원으로 유세진의 전화라면 충분히 대접받으면서 치료가 가능했기에 자유전공 학생들은 종종 유세진에게 그런 부탁을 하곤 했었다. 그렇기에 유세진은 치료 받는다고 한 최현호가 자신에게 연락이 없었던 것이 더 이상했다.

"글쎄요? 저한테도 자세한 이야기는 안해요. 병원에서 무슨 이야기를 들었는지, 일반병원은 안가고 전국에 유명하다는 한의원만 죽어라 찾아다는 거 같더라구요."

"한의원?"

"네. 한의원하고 무슨 기치료인가 그런 거 찾아다닌다 하더라구요."

"이 자식은 어디가 아프길래 그딴거나 찾는거야. 여튼 지금 연락 안 돼?"

"저도 축제니까 현호 생각나서 몇 번 전화해봤는데 잘 안받더라구요. 아. 연예인들이랑 노는 재미가 쏠쏠했는데."

최현호가 축제의 연예인 섭외를 담당한 다음에 한국대학교의 축제 연예인 라인업은 질적으로나 양적으로나 화려해졌다. SG 엔터 출신의 유명 연예인은 기본적으로 동원하였고, 스케줄이 없는 비인기 연예인, 심지어 SG 엔터에서 연습생으로 있는 지망생들까지 양적으로 동원하였기에 학생들의 눈요기가 제대로 되었다.

특히 최현호와 친한 자유전공의 몇몇 학생들은 유명 연예인 보다 연습생이나 인기없는 연예인들을 많이 불러주길 바랬는데, 그것은 축제 후 뒤풀이 때문이었다.

최현호가 가끔 산장 섹스파티를 개최하나 남자나 여자나 참석인원은 한계가 있었고, 이런 저런 눈치를 본다고 개최 횟수 자체가 적었다. 하지만 축제 후 뒷풀이는 많은 인원이 모였고 보통 원나잇이나 스폰서로 이어지는 경우가 많았기에 기대를 하는 친구들이 많았다.

작년에도 축제에서 원나잇은 기본이고 암암리에 스폰 계약도 몇 건이 이루어졌었다.

인기 유명 연예인은 이미지도 있고 스케줄도 바빠 그런 곳에 참석하지 않기에, 자유전공의 부잣집 도련님들은 축제에 소위 속물 경향을 가진 같은 비인기 연예인들이 많이 올수록 좋아했다. 뭐 강제로 하는 것도 아니니 끼리끼리 모인다고 해도 과언은 아니었다.

"여튼 창민이 니가 현호한테 연락 좀 더 해봐. 나도 문자 넣어 놓을 테니까. 우리과 체면도 있으니 내일까지 연락 안 되면 별도로 섭외를 해봐야겠어."

"네. 형. 일단 저도 전화하고 문자 남겨 볼게요. 근데 그 녀석 요즘 완전히 한의원 찾는데 정신이 팔려서 아마 이번 축제 때 그 녀석 쓸 생각은 포기해야 할 것 같아요."

"그래 뭐 어쩔 수 없지. 여튼 그 녀석 연락되면 나한테도 연락 줘."

유세진이 힘을 쓰면 최현호 못지않은 라인업 구성은 어렵지 않았다. 재계 2위 현승그룹의 힘은 SG 엔터가 아무리 업계 1위라 하더라도 일개 엔터사와는 비교할 수조차 없었다.

하지만 회사에 실질적인 힘을 쓸 수 있는 최현호와는 달리, 유세진은 단지 후계자일 뿐이었고 회사에 직함하나 없었기 때문에 힘을 쓰려면 여러 사람에게 부탁을 해야 한다는 단점이 있었다.

결국 유세진은 최현호의 도움이 없이 연예인들을 섭외하였다. 최현호 외에는 SG 엔터에 아는 사람이 없었기에, 현승 그룹 홍보실을 통해서 몇몇 연예인들을 소개 받아서 동원하였다. 현승 그룹과 척을 지고 싶은 연예인은 아무도 없었기에 수월하게 섭외 되어, 자유전공학부의 체면은 살았으나 최현호가 주최하는 뒷풀이를 기다렸던 학생들은 다소 아쉬워했다.

❖

한국대학교의 축제는 3일간 진행되었는데 주로 낮 시간대에는 운동경기나 소소한 이벤트가 많았고 오후부터 학내 동아리들의 댄스 공연이나 학내 밴드들의 음악공연으로 이어졌다. 저녁이 어스름해 지면 섭외를 하였던 가수나 아이돌이 나와서 피날레를 하는 전통적인 방식의 축제였다.

운동경기는 축구, 농구, 족구 등의 경기가 이루어졌는데 축제 3일간 수많은 과와 동아리의 경기를 할 수가 없기에 학기 초부터 리그를 만들어 경기가 이루어졌고, 결승전만 축제기간에 시행되었다.

경영학과는 구기 쪽에 그리 우수한 인재가 없었는지 축구, 농구, 족구 모두 학과대표로 나간 팀들은 예선에서 다 떨어졌다. 다만 상과대 연합 축구동아리 '펠레'가 결승에 올라가 체육교육학과 팀과 승부를 가르게 되어 어느 정도 체면치레를 했다 할 수 있었다.

김만석은 주전은 아니었지만 '펠레'에 가입해 있었기에 혹시 벤치멤버인 자신이 출전할 지도 모른다는 핑계로 강민과 그 일행들에게 응원 해달라고 꼬드겼다. 축제기간 별다른 일정이 없었던 일행들은 기꺼이 응원하러 나갔다.

"만석아. 너 진짜 나갈 수 있긴 한거야?"

한 낮 땡볕에 그늘도 없는 운동장 응원석에 앉아 있는 것이 불만인지 안경일이 따지듯이 물었다.

"그럼~ 지금 2학년 주전 선배 한명이 몸살기운이 있어서 전반만 뛰다 했어. 후반부터 출전준비 하라던걸?"

"어리버리 만석이가 축구에 소질이 있는지 몰랐네."

"야 손유정. 내가 무슨 어리버리냐! 경일이라면 몰라도."

"뭐래~ 경일이가 너보다 훨씬 빠릿빠릿해. 눈치가 좀 없어서 그렇지…"

"하하핫. 그래 맞다. 저 녀석은 눈치가 없어도 너무 없
어."

"내가 뭐?"

"근데 너 경일이 커버 쳐주는 거야? 안 그래도 요즘 둘
이 좀 이상한데?"

"이… 이상은 뭐가 이상해!"

"발끈하는 게 더 이상해. 안경일 뭐냐? 그 부끄럽다는
표정은? 너네 혹시?"

"아냐!"

"아직은…."

손유정은 아니라고 말했고, 안경일은 아직이라고 말했
다. 둘의 다른 대답에 기회를 잡았다는 듯 김만석은 둘을
몰아붙였다.

"아직? 아직이라고 했지?"

"아. 아니… 말이 헛나왔어."

"둘이 심상치 않다 했더니. 설마…."

처음엔 장난처럼 둘을 엮어갔던 김만석이었지만, 둘의
대답이 심상치 않자 왠지 묘한 표정으로 바뀌었다. 손유정
의 얼굴이 발그레하게 달아 오른 것도 심창치 않아 보였고
안경일의 당황하는 듯 한 모습을 보니 둘이 사귄다고 해도
과언이 아닌 것처럼 보였다.

"야. 너네들 솔직히 말해봐. 둘이 사귀냐?"

"만석아 그만하자. 유정이 부끄러워하잖냐. 나중에 내가 따로 말해줄게."

안경일의 말에 손유정은 아무말 없이 얼굴만 달아올라 있다가 화장실은 간다며 자리를 비웠다.

"진짜 너네 둘 뭐야?"

"아 짜식 때가 되면 어련히 말해줄까봐."

"뭐야? 진짜 사귀는 거야?"

"썸타고 있어. 사귀는 듯, 안 사귀는 듯, 사귀는 것 같은 사이다."

"뭔 헛소리냐?"

"고백 했는데 시간 좀 달래. 그래서 기다리는 중이야."

"뭐?! 이자식 보기와 다른데?"

"뭐가? 내가 보기가 어때서?"

"어떻기는 공부랑 게임만 하던 범생이 오타쿠 같지."

"뭐 이자식이!"

김만석과 안경일, 손유정이 투닥거리는 것을 귀엽게 보고 있던 강민과 유리엘에게 한 쪽옆에서 그리 좋지 못한 표정으로 있는 우지은이 보였다.

[지은이는 아직도 저러네.]

[아직 어린 아이니까 이것도 실연이라면 실연이겠지요. 그래도 첫 연애를 나쁜놈하고 해서 남자혐오증 같은 거 걸리는 것 보단 낫겠지요.]

[뭐 그렇긴 하지만.]

우지은은 최현호를 만난 그날이후 며칠간 최현호의 연락을 기다렸었다. 우지은 스스로는 그 날의 분위기에서 최현호도 자신에게 마음이 있었다는 확신을 하고 있었기에 조만간 연락이 올 거라 생각했던 것이었다.

우지은의 확신은 착각은 아니었다. 분명 당시 최현호는 우지은에게 관심이 있었다. 물론 그 관심은 우지은이 생각하는 통상적인 연애로 이어질 것이 아니라 단순히 우지은의 몸에 있던 관심에 불과했지만 말이다.

하지만 최현호가 조건부 성불구자가 된 이후로 최현호의 머릿속에는 우지은의 존재 자체가 없었다. 지금도 자신의 성기능을 되찾기 위해서 전국 방방곡곡을 누비고 있지 않는가.

일주일가량 최현호의 연락을 기다린 우지은은 먼저 용기를 내어 최현호에게 연락을 하였지만 당연히 그녀의 연락에 최현호는 답하지 않았다. 두어차례 연락에도 최현호의 답이 없자 우지은은 급격한 실의에 빠져들어 그 이후로 약간 의기소침한 모습을 보였다.

백마탄 왕자를 만난 공주가 될 것이라는 장밋빛 미래에 빠져들었었던 순진했던 소녀의 환상속의 사랑이 종지부를 찍었던 것이었다.

김만석은 그러한 우지은을 보며 안타까워 했고, 오히려

우지은의 기분을 띄워주려고 평소보다도 오버해서 행동하는 경우가 많았다.

지금도 안경일이랑 투닥거리면서 한쪽 시선은 우지은에게 계속 두고 있었다.

삐익~!

경기가 시작되었다. 상경대 펠레에 비해서 체육교육과 팀은 덩치가 남달랐다. 덩치가 크다고 축구를 잘하는 건 아니지만 몸싸움에 유리한 것은 사실이었다. 아니나 다를까 상경대 선수들이 몸싸움에서 확실히 밀리는 것이 보였다.

"심판, 심판~ 저기 저거 반칙 아니에요?"

"반칙이다 반칙!"

반칙을 외치는 상경대생과,

"반칙은 무슨 반칙, 공부만 한 샛님들이라 살짝만 밀어도 넘어가네 넘어가."

"야. 저거 헐리우드 액션이야. 오히려 저쪽에 반칙 줘야 하는 거 아냐?"

체교과를 응원하는 사범대생들의 목소리가 부딪혔다.

그때 백넘버 21번의 상경대 학생이 공을 잡았는데 드리블이 다른 선수들과 남달랐다. 하프라인 근처에서 공을 잡았는데 벌써 세 명의 수비수를 제치고 드리블을 해나갔다.

급하게 달려온 공격수 한명이 무리하게 백테클까지 했지만 여유있게 피해내고 달려나오는 골키퍼의 사각으로 그림같은 골을 집어넣었다.

와~~~와~~~

"와~ 대박이네 대박. 역시 상대 메시! 최고다 최고!"

"진짜 상혁이 없었으면 우리 올라가지도 못했겠다.

"이번 대회 MVP는 단연코 상혁이겠다."

"당연하지 매 경기 2골 이상 넣고 있는데 상혁이 말고 누가 받겠냐."

상경대 생들은 저마다 박상혁의 몸놀림에 감탄을 표시했고

"아놔. 또 저 녀석이야. 야~ 반칙해서라도 좀 막아~~!"

"카드 각오하고 백테클 하려면 좀 제대로 하던가!"

"아. 저 녀석 때문에 우리 지는 거 아냐?"

사범대생들은 패배할지도 모른다는 불안감에 떨었다.

[상혁이라는 아이. 마나홀이 열렸네요.]

[그러게, 하단 중단을 무시하고 상단만 열린 걸 보니 각성자 계열인 것 같네.]

[마나 흐름이 거친 걸로 봐선 각성한지 얼마 되진 않았나봐요. 각성자 계열은 조절없이 무분별하게 능력을 쓰면 마나홀이 다칠 수도 있을 텐데요.]

[근데 마나흐름이 거친 것 치고는 상당히 섬세하게 바람

을 컨트롤하는데?]

강민과 유리엘의 눈에는 바람의 흐름을 컨트롤 하고 있는 상혁이 보였다. 불가능해 보이는 자세에서 턴을 한다던가 숏을 한다던가 하는 것이 모두 바람의 도움을 얻어서 행해지고 있었다.

[그러게요. 기본적으로 바람을 다루는 자질이 있나보네요. 마치 정령을 부리는 것 같아요.]

[그래. 제대로만 다룬다면 중급 바람의 정령사 정도의 역량은 충분히 하겠는걸? 근데 저 녀석 각성한 후 인도자도 만나지 못한 것 같은데?]

[그쵸? 만약 인도자를 만났다면 저렇게 마음 놓고 능력을 쓰진 않았을 텐데 말이죠.]

[직접 인도하기엔 우리도 잘 알지 못하니, 그냥 김창수 씨한테 연락해주는 것이 낫겠네.]

사실 강민과 같은 강자는 유니온 측에서도 일반 세계에 영향력을 발휘하는 것을 자제해 달라는 '권고'나 '권유'를 할 뿐이었지만, C급 이하의 능력자에는 일반세계에 능력을 과도하게 발휘할 경우 유니온 차원에서 제재한다는 '경고'를 한다.

지금 박상혁처럼 이 정도의 능력발휘라면 문제가 될 것이 없지만 능력을 발휘함으로써 일반세계에 큰 영향을 미친다면 심할 경우 능력자체를 금제할지도 모를 일이었다.

좀더 경기를 지켜보던 강민이 휴대전화를 들어 김창수에게 전화를 걸었다.

[강민씨 어쩐 일이십니까? 혹시 유니온에서 일하실 생각이 드신 건가요?]

"아닙니다. 각성한지 얼마 되지 않은 것 같은 능력자를 봐서 연락드렸습니다."

[각성형 능력자인가요?]

"네."

[한 번에 각성형인지 알기는 힘드셨을텐데. 확신하며 말씀하시네요. 허허허.]

"알아보는 방법이 있지요."

[역시 비밀인가요?]

"네."

[허허. 참. 어떤 종류의 이능이던가요?]

"바람을 자연스럽게 다루더군요."

[혹시 등급도 추정이 가능하신지?]

"유니온의 등급별 기준을 제가 알지 못하니 확실히 말씀드리긴 힘든데. 마나를 유형화 한다는 C급은 안 되는 것 같고 잘만 다듬는다면 D급은 될 수 있겠더군요."

[아무리 각성형이 등급을 올리기 힘들다지만 시작부터 D급이면 전도 유망한데요. 그런데 강민씨가 인도하실 겁니까?]

강민은 잘 다듬으면 D급이라고 했지만 김창수는 D급이라 단정 지으며 말했고 굳이 강민도 김창수의 말을 정정하지 않았다. 그리고 사실 김창수는 전도유망하다 했지만 각성형은 각성 후 자신의 첫 등급에서 한 등급도 못 올리는 경우가 더 많았다.

김창수도 각성형 능력자로 각성한지 10년이 넘었지만 아직 각성 당시의 등급을 갖고 있을 뿐이었다. 다만 마이너스 급에서 플러스 급까지는 능력의 수련에 따라서 올라가는 경우가 많았다.

"각성형이라 제가 인도해봤자 어차피 기초정보에 그칠 테니. 유니온 소속 각성형 능력자를 보내는게 낫지 않겠습니까?"

[그것도 그렇지요. 혹시 성향도 분석이 가능하신가요?]

"성향이라면?"

[금강선원 분들을 보니 별다른 장치 없이도 악인인지 구분 하시더라구요.]

"아. 그 성향이라면 확실히 선인 쪽에 가깝겠네요."

[역시. 대단하시네요. 간단한 신상만 확인해주시면 저희가 처리하도록 하겠습니다.]

"한국대학교 경제학과 박상혁이라는 학생이네요."

[감사합니다. 이 친구는 유니온의 인재가 되었으면 좋겠네요. 허허!]

강민이 같이 일했으면 하는 생각에 김창수는 말을 덧붙였다. 물론 강민이 오면 김창수의 상관으로 올 가능성이 높겠지만 힘이 우선하는 이능의 세계에서 강한 동료가 있다는 것은 큰 힘이 되었다.

유니온이 능력자들의 공무원이라고 하지만 세계에는 많은 이능 단체들이 있었고 서로 힘싸움을 하는 경우도 종종 있었다. 큰 일의 경우에는 유니온 총본부차원에서 지원을 해주나 일반적으로 사안이 발생하면 해당 국가의 본부에서 일을 처리하는 것이 관례였다.

이런 상황에서 강한 동료가 함께 한다는 것은 다른 단체와의 힘 싸움에서 좀 더 좋은 포지션을 차지하기 쉽다는 장점이 있었기에 김창수는 지금 별다른 소속이 없는 강민이 더욱 아쉬웠다.

결국 경기는 상과대 펠레의 2:1 승리로 끝났다. 2골 다 박상혁이 만든 골이었는데 두 번째 골은 그림과 같은 바이시클 킥이었다.

[저 녀석 순진한 건지 영리한 건지….]

[무슨 소리에요 민?]

[저렇게 바람을 다루면 대충 차고 바람을 이용해서 골을 넣을 수도 있잖아.]

[하긴 그것도 그렇네요. 하긴 경기하는 걸 보면 능력을 쓰지만 스스로에게만 사용하지 상대방을 방해하는 식의

능력발휘는 없네요.]

[속임수가 아니라 스스로 능력으로 이겼다는 자위를 하고 싶었던 걸까? 그렇다면 순진한 생각일 테고….]

[사물이나 타인에게 능력을 사용해서 다른 사람들이 이상하게 여길 여지를 하나도 주지 않으려 한다면 영리한 것이겠지요.]

[뭐 유니온에서 잘 알아서 하겠지.]

강민은 더 이상 박상혁에게 큰 관심을 두지 않았다. 애초에 크게 관심을 갖고 지켜본 것도 아니었을 뿐만 아니라 아무 인연도 없었기에 유니온에게 연락해준 것만으로도 박상혁에겐 호의를 베푼 것이었다. 물론 박상혁이 그것을 호의로 느낄지는 별개로 한 이야기였지만.

상과대 펠레의 우승에 상대생들은 다 같이 기뻐했다. 김만석도 후반을 다 뛰진 않았지만 후반 30여분을 뛰었고 수비수로 상대팀의 기습적인 공격을 두어차례 막는 수훈을 세웠기에 우쭐해 하면서 일행에게 다가 왔다.

"봤지? 봤지?"

"그래 봤다. 짜샤. 생각보다 잘 뛰는데?"

"지은아 너도 봤어?"

김만석은 우지은의 눈치를 살피며 우지은에게만 다시 물어봤다.

"그래 잘하더라."

"그치? 그치? 선배들이 이렇게 이렇게 덤벼드는 걸 내가 샤샥하며 피해내며 태클을 걸었잖냐~ 하하하."

영혼없는 대답이었지만 김만석은 우지은의 반응에 기뻐서 아까 경기 때의 모습을 흉내내며 오버액션을 했다.

"풋~ 그만해 만석아. 주위에서 다 쳐다보잖아."

우지은이 웃었다는 사실에 고무된 김만석은 본격으로 몸놀림을 우스꽝스럽게 하였고 우지은은 웃으면서도 그런 김만석을 말렸다.

경기장이 정리된 후 축구부 뒷풀이가 있었지만 김만석은 뒷풀이에 빠지고 강민 일행에게 왔다.

"만석아 축구부 뒷풀이 안가도 돼?"

손유정이 걱정스럽게 물었다.

"아. 뭐. 일이 있다고 했어."

상과대 펠레는 전문적으로 운동하는 운동부가 아니라 단지 대학의 단대 동아리에 불과했기에 엘리트 체육인들과 같은 군대문화는 없었다.

그러나 어느 집단에서든 큰일을 치르고 뒷풀이를 하는데 빠지면 찍히는 것은 사실이었다. 하다못해 조기축구회에서도 대회 뒤에 뒷풀이 빠지면 안 좋은 말이 나오지 않겠는가. 게다가 신입생이 빠지는 건 동아리에서 좋게 볼 리가 없었다.

하지만 김만석은 우울해 하던 우지은이 정말 오랜만에

자신의 행동에 웃음을 보이자 동아리 뒷풀이에서 빠지는 무리수를 두면서도 그녀가 계속 웃도록 해주고 싶었다.

아직은 일방적 짝사랑이었지만 김만석은 열 번찍어 안 넘어가는 나무 없다는 생각을 갖고 있었기에 적극적으로 우지은의 기분을 풀어주기 위해서 노력했다.

"민이 형 그럼 우리 과 주점에 가보는 게 어때요? 아직 G&B나 김승현 오려면 시간도 좀 남았는데."

"만석아. 걔네들 말고 여자 아이돌도 온다 하지 않았어? 써니 뭐라던데."

"써니데이가 온다더라."

"아 그래 써니데이. 라인업 보고 검색해봤는데 다들 쭉쭉빵빵이던데? 히히."

역시 눈치 없는 안경일은 손유정의 표정이 굳어지는 것도 모르는 채 써니데이 4인조의 외모를 묘사했다. 보통 안경일이 눈치 없이 행동할 때 손유정이 옆구리를 찔러서 주의를 주곤 했는데 그런 손유정이 가만히 있으니 안경일의 눈치 없음을 말릴 사람이 없었다.

오늘 한국대학교에 오기로 한 연예인은 G&B, 김승현, 써니데이 까지 총 세팀이었다.

G&B는 데뷔한지 5년차 되는 6인조 남자아이돌로 아이돌로는 중견 급이 되는 인지도 있는 인기 그룹이었고, 김승현은 감미로운 발라드를 부르는 30대 중반의 가수였다.

마지막으로 써니데이는 데뷔한지 얼마 되지 않아 인지도는 별로 없지만 최근 음료 CM 하나가 히트를 치면서 약간 이름을 알리고 있는 4인조 여자 아이돌이었다.

한참동안 안경일의 말을 듣고 있던 손유정이 결국 얼굴이 붉어진채 가방으로 안경일의 등을 퍽 하고 치더니 뒤로 뛰어갔다.

"억! 누구야! 어? 유정아~"

안경일은 손유정을 잡으려고 그녀를 쫓아갔고 그런 둘의 뒤통수에 대고 김만석이 소리쳤다.

"과 주점에 먼저 가 있을테니 사랑싸움 적당히 하고와~~!"

김만석의 말에 다시금 우지은이 큭큭대며 웃었다.

❖

학생회관 앞에 승합차가 한 대 섰다. 여행용 트렁크를 각자 가진 네 명의 여성이 승합차에서 내렸는데 하나같이 비율이 좋았다. 써니데이였다.

연예인들이 자주 타고 다니는 외제 벤도 아니었고, 아직 인지도가 높은 아이돌이 아니어서 예쁜 외모에 몇몇 학생들은 돌아보긴 했으나 연예인임을 알아보는 학생들은 없었다.

하긴 그렇기에 흔한 썬그라스 하나 안 쓰고 그냥 차에서 내렸을 것이다.

30대 중반으로 보이는 로드매니저가 창문을 열고 써니데이에게 말했다.

"7시부터 시작이니까 세 시간 정도 학생들이 준비해 놓은 대기실에서 기다리다가 가면 될 거야. G&B 애들 8시에 공연 예정되어 있으니 그때 너네들 픽업할 차 같이 올거야 그거 타고 숙소로 돌아가면 돼. 그럼 나중에 보자."

"네. 수고하셨습니다~."

네 명의 여성은 맞추기나 한 듯 떠나가는 차량에게 90도로 인사했다.

써니데이와 G&B는 같은 소속사였는데 그 대우는 천지차이였다. G&B는 실장급 전담 매니저가 함께하며 전담코디, 로드매니저에 보조매니저까지 두고 있었지만 써니데이는 신인 아이돌이라 전담 로드매니저도 없었다.

써니데이가 소속되어 있는 루엘 엔터테인먼트 사는 성과에 따른 보상이 확실한 곳이었다. G&B같은 인기 그룹은 최고의 대우를 받았지만 신인 연예인에 대한 대우는 형편없었다.

써니데이 역시 기숙사 같은 합숙소에 머물고 있었는데 이런 신인 그룹 전체를 총괄하는 매니저가 그 일정을 짜고 로드매니저 역시 두세 팀의 신인들을 함께 이동시켰다.

오늘은 지방행사 때문에 장거리를 가는 다른 팀 때문에 로드매니저가 써니데이를 시작 시간보다 3시간이나 일찍 한국대학교에 내려주고 이동했다.

써니데이 역시 다른 일정은 없었기에 가능했던 일이지만 인기 없는 가수의 설움을 느낄수 있는 상황이었다.

"에휴. 서러우면 인기 얻어야지. 그렇지 혜선아?"

"그래요 언니. 나중에 뜨고나면 꼭 지금 괄시했던 코디나 매니저 짜르고 말꺼에요. 흥."

"니가 무슨 힘으로 그 사람들을 짤라?"

"우리가 뜨기만하면 못할 게 뭐에요. 그냥 걔네들 때문에 스케줄 못하겠다고 우기면 회사에서 안 짜르고 베길까요?"

"호호. 하긴 그것도 그렇네."

승합차가 떠난 뒤로 한참 두 여성은 한참 매니저와 코디 욕을 했고, 나머지 두명은 학교가 신기한지 여기저기를 둘러보고 있었다.

"유선아, 은선아!"

"네. 언니."

"그만 어리버리대고 이제 들어가자 이따 공연할 때까지 좀 쉬어야겠어."

"네. 지선 언니."

써니데이는 지선, 혜선, 유선, 은선으로 이루어진 4인조 여성 아이돌이었다. 사실 지선과 혜선은 본명이 아니었지만 기획사에서 써니들의 날이라는 의미에서 끝자를 선자 돌림으로 만들어서 예명을 맞추도록 하였다. 지선과 혜선은 약간 촌스럽게 느껴지는 예명이 불만이었지만 신인 아이돌이 그런 불만을 내비출수는 없었다.

지선과 혜선은 연습생으로 생활한지 각각 5년, 3년이 지났기에 대학교 모델 출신으로 갑자기 써니데이에 들어온 유선과 길거리 캐스팅으로 들어온 은선에 대해서 일종의 텃세와 자격지심이 있었다.

자신들은 힘들게 힘들게 연습생 생활을 하여 간신히 잡은 기회를 유선과 은선은 너무 쉽게 얻었다는 생각이 들었고, 기획사의 사람들도 둘의 재능을 더 칭찬했기에 텃세의 기저에는 질투심이 깔려있었다.

"저기 여기가 총학생회 맞나요?"

나이가 가장 많고 리더를 맡고 있는 지선이 노크 후 총학생회의 문을 열며 말했다.

"누구신지….아! 써니데이시군요. 그런데 매니저 분은?"

"아직 신인이라 전담매니저가 없어서 저희끼리 왔습니다."

"그러시군요. 이쪽으로 오세요. 근데 공연이 7시 시작인데 너무 일찍 오신 거 같아요."

"그렇죠? 저희가 아직 스케줄이 많지 않아서 일찍 왔습니다. 혹시 앞 타임이 비면 저희가 좀 더 맡아도 되요."

"아 그래 주시겠습니까? 저희야 감사한 일이지요. 하하하."

축제의 기획을 담당한 학생과 공연시간 무대위치 등을 한참 이야기한 지선은 학생이 쉬고 있으라며 학생회실 옆 방으로 안내하고 사라지자 영업용 미소를 지우고 힘들다는 표정을 지었다.

"에휴. 힘들다. 이런 건 매니저가 해야하는데 내가 이런 일까지 해야하다니. 휴~"

"그래도 언니 정말 잘하시는데요? 저는 절대 언니처럼 말 못할 거에요."

"그래요, 언니. 언니가 리더라서 든든해요."

혜선은 지선의 눈치를 보며 지선의 기분을 띄워줬고 유선도 한마디 거들며 지선의 기분을 풀어주려고 했다.

"지선 언니, 아직 시간 좀 남았는데 은선이랑 학교 구경 좀 해도 되요?"

"학교가 다 거기서 거기지 구경은 무슨 구경이야?"

"은선이는 고등학교 졸업 후에 바로 데뷔준비 한다고 대학도 못 갔잖아요. 그래도 우리나라 최고 대학이라는 한국대에 왔는데 학교라도 구경 시켜주면 좋을 것 같아서요."

유선은 지선이 어려워서 말도 못하고 등 뒤에서 쭈뼛거리고 있는 은선을 대신해서 말을 해줬다. 지선과 혜선이 어려워서 말도 잘 못하는 은선과는 달리 유선은 그래도 지선과 혜선의 텃세에도 나름 부드럽게 반응해서 모나지 않게 행동거지를 잘했다.

특히 여동생 같은 은선이 잘 적응하지 못해서 그만두려고 할 때 유선이 잘 설득해서 남았는데 그 이후로 은선은 유선을 더 많이 따랐고, 지선은 그것이 더 못마땅했다.

"그래 갔다와. 대신 공연 삼십분 전까진 와야해. 그리고 좀 더 앞에 들어갈 수도 있으니 휴대폰에서 손 떼지 말고. 너무 멀리까진 가지 말아."

"네 지선 언니. 은선아 가자."

단발머리의 은선은 지선과 혜선에게 고개를 꾸뻑 숙이고 유선을 따라 나갔다.

건물 밖으로 나온 은선은 유선에게 안타깝다는 듯 말했다.

"은선아. 너도 너무 주눅들지 말고 언니들한테 자연스럽게 말하렴. 왜 그렇게 기가 죽어있어?"

"웅… 언니 그치만. 지선 언니는 너무 무서운 걸. 특히 지선 언니가 노려볼때는 무서워서 딸꾹질까지 날꺼 같단 말야. 혜선 언니는 그나마 낫지만 그래도 무서워."

"은선아. 언니들이 완벽한 무대를 위해서 혼내는 거지 너를 싫어해서가 아니야. 그러니까 너무 주눅들지 말고 씩씩하게 나가봐."

"알겠어 언니. 노력해볼게."

생활력이 강한 유선은 피팅모델 알바나 잡지사 알바, 서빙알바 등 아르바이트를 많이 해서 이것이 일종의 텃세라는 것을 잘 알고 있었다. 하지만 유선은 언제나 웃는 얼굴로 그 텃세에 대항하지 않았고 시간이 지나면 텃세 역시 사라진다는 것을 경험으로 알았다.

하지만 은선은 갓 고등학교를 졸업해서 사회생활을 잘 모르기에 이런 상황이 낯설기만 했었고 그럴수록 자신에게 잘 대해주는 유선을 의지할 수 밖에 없었다.

사실 네 명이 모여 써니데이가 만들어진 지는 6개월이 채 되지 않아서 아직 서로가 서로에 대해서 알지 못하는 부분도 많았다. 그렇기에 서로서로 비슷한 처지의 둘씩이 각각 더 친해졌을 것이다. 시간이 지나면 서로 다 친해질 것이라고 유선은 생각했지만 사람의 앞일은 모르는 것이었다.

은선에게 대학은 신기한 곳이었다. 스스로는 데뷔 준비를 한다고 대학교를 못 갔지만 대학에 진학한 친구들을 만나러 서울시내의 몇몇 대학을 방문한 적이 있었다.

그때마다 은선은 대학의 분위기에 취했었다. 특히 고교

시절의 억눌린 무언가가 대학에 와서 드디어 분출되어 터져나온 자유로움 같은 것들이 느껴지는 소규모 공연 등을 볼 때면 몸에 소름이 돋는 희열감을 느끼기도 했다.

'우리나라에서 제일 똑똑하다는 학생이 오는 인재들이 온다는 한국대는 어떨까? 여기도 홍대처럼 버스킹 같은 걸 할까? 전에 영운대에서 봤던 마임은 정말 감탄했는데….'

유선과 은선은 우선 좀 있다 그녀들이 노래할 대운동장의 메인무대를 먼저 확인했다. 대운동장에 설치되어 있는 무대에는 학생 밴드가 열정적인 모습으로 공연을 하고 있었는데 공부만 하는 한국대 대학생이라고 폄하하기엔 연주의 수준이나 관객들의 공연 관람 매너들이 여타 대학과 크게 다르지 않았다.

써니데이는 아직 신인 아이돌이다 보니 알아보는 사람이 없어서 그녀들은 편하게 공연을 관람했다. 물론 일반인이라기엔 우월한 외모에 간혹 전화번호를 물어보는 학생들이 있었는데 이런 경우가 자주 있었는지 굳이 연예인임을 밝히지 않고 좋은 얼굴로 돌려보냈다.

잠시 후 학생 밴드의 공연이 끝나자 준비된 순서인지 댄스동아리의 댄스 시연이 있었다. 최신 유행하는 아이돌의 노래에 맞춘 안무부터 시작해서 신나는 댄스 팝송에 맞추어 창작 안무까지 축제를 위해 준비한 학생들의 열정이 돋보였다.

한참 동안 댄스 시연을 보던 유선이 은선에게 말했다.

"은선아. 공연은 그만 보고 캠퍼스 구경해보자. 나도 한
국대는 처음 온 거라 캠퍼스 구경 해보고 싶었거든."

"네 언니."

유선과 은선은 대운동장의 메인무대를 떠나 캠퍼스 이
곳 저곳을 돌아다녔다. 지금 한국대는 축제 중이라 건물
사이사이 공터마다 과에서 주제하는 과 주점들이 많이 있
었고, 건물 한 켠에는 메인 무대에 오르지 못했던 소규모
동아리들의 공연이 여기저기서 벌어지고 있었다.

산을 등지고 들어섰던 한국대학교는 산 아래쪽 토지가
격의 상승에 따라 많은 대학들이 그렇듯이 산을 깎아서 건
물을 확장시켜 나갔는데 지금은 어느샌가 산의 초입을 넘
어선 곳 까지 건물이 들어서 있었다.

유선과 은선은 산의 능선을 따라 점점 올라가고 있었는
데 여기저기 볼거리도 많았고 이벤트도 많아서 심심해하
지 않고 캠퍼스를 구경할 수 있었다.

한참을 구경하다보니 길은 잘 닦아져있는데 인적이 그
리 많지 않은 곳 까지 다다랐다.

"은선아, 여기서 돌아서 반대쪽으로 내려가자. 위쪽으
로는 더 이상 별거 없어 보여."

"언니, 이 길 따라 조금만 가면 건물하나 더 나올 건데
그거까지만 구경해요. 아까 인문대 구경 갔을 때 멀리서

226 現世 1
歸還錄

저 건물을 봤는데 얼핏보니 모양이 그리스 시대 신전 비슷해 보여서 특이한 거 같아서요."

"그래? 알겠어."

지금 있는 곳에서는 건물이 보이지 않았지만 아까 은선이 특이한 모양의 건물을 보았다고 해서 둘은 거기까지만 구경 가기로 하였다.

둘이 걸어가는 길은 잘 닦아져있는 2차로 도로 옆의 인도였다. 길은 나무가 우거져서 청량한 느낌을 주었고, 산새소리도 가끔 들려서 꼭 등산하는 기분이었다.

멀리서는 학생들의 공연소리가 아련히 들려오고 있었기에 약간은 몽환적인 느낌으로 기분 좋게 길을 올랐다.

5분여를 걸어가다보니 아까 은선이 말했던 건물이 보였다. 그리스 파르테논 신전을 모티브로 했는지 큰 건물을 둘러싼 기둥들이 인상적으로 보였다.

"언니, 여긴 뭐하는 건물일까요? 모양을 보니 미술대학인가?"

"아니 아까 미술대는 지나쳐 왔잖아. 국립대이다 보니 건물들이 특색있지는 않는데 여긴 특이하네. 모양은 공연장 같은데 위치로 봐선 아닌 것 같고."

"한번 들어가봐요. 언니."

"그래."

대학의 건물들은 교수연구동이나 전산서버가 있는 곳 등

출입제한이 있는 곳을 제외하곤 출입이 자유로웠다. 그러기에 둘은 이미 여기저기 건물들을 들어갔었고 신기해했었다.

건물에 가까이 가자 은은한 음악소리가 건물에서 흘러나왔고 입구에 가자 다른 건물과는 다르게 출입카드를 인식시키지 않으면 문이 열리지 않는 보안이 되어 있었다.

"언니, 여긴 아무나 올수 없는 곳인 가봐요."

"그러네. 은선아 그만 돌아가자 아직 학교 반도 구경 못했으니 나머지 쪽으로 돌아봐야지."

"네. 언니."

말을 마친 둘이 돌아가려는 찰라 건물 안에서 사람이 나왔다. 김창민이었다.

건물 입구의 유리문은 안에서는 밖을 볼 수 있지만 밖에서 볼 때는 거울로 보여 유선과 은선은 김창민을 보지 못했지만 김창민은 한참 둘을 살펴보다 오늘 오기로 한 써니데이의 멤버임을 알아차렸다.

써니데이는 김창민이 알고 있을만큼 유명그룹은 아니었지만 오늘 학교에서 공연을 하게 되어 있었기에 별도로 공연 라인업을 체크한 김창민이 알아차린 것이었다.

"저기, 혹시 써니데이 아니신가요?"

유선과 은선은 갑자기 건물의 문이 열리며 사람이 나와서 자신들을 알아보자 잠깐 놀랐지만 이내 연예인 미소를 지으며 인사를 했다.

만약 자신들을 알아보지 못했다면 그냥 자리를 피했으면 되었을 것이지만 자신을 알아본 일반인에게 그냥 매몰차게 자리를 피했다가는 괜한 구설수에 오를 수가 있어 어색하지 않게 응답을 하였다.

"아. 저희가 그렇게 유명하지 않은데 알아봐 주셔서 감사합니다. 호호!"

"아뇨. 써니데이 유명하지요. 그 때 그 음료광고 음악은 정말 산뜻하고 좋던걸요?"

김창민이 라인업을 처음 볼 때 '써니데이가 누구야?'하며 알아보았던 정보가 이렇게 도움이 되었다.

"감사합니다~"

"근데 여기에는 어떻게?"

"아. 학교 구경을 이리저리 하다보니 여기까지 오게 되었네요. 여긴 문이 잠겨있어서 들어가면 안 되는 곳 같아서 이제 그만 돌아가려고 했어요."

"아. 그러시구나. 여긴 자유전공학부 건물입니다. 보시다시피 학과생 아니면 출입이 안 되게 되어있어요."

은선은 학과생 아니면 출입이 안 된다는 말이 의아했다. 여태껏 방문한 학과 건물은 모두 개방이 되어 있었고, 타과생에게 개방이 안되면 여기에 수업을 들으러 오는 학생이나 강의를 하는 교수는 어떻게 한다는 건지 다소 이해가 가지 않았다.

하지만 유선은 자유전공학부라는 이야기를 듣고 대충 어떤 상황인줄 알 수 있었다. 최초 한국대에 기부입학을 전제로한 자유전공학부가 개설될 때 여론이 뜨거웠기에 사회문제에 관심이 있었던 유선은 자유전공학부에 대해서 다소 내용을 알 수 있었건 것이다.

'부유층 자제들의 그들만의 리그겠지? 하긴 이제 나도 연예인이니 우리들만의 리그에 들어온 건가?'

사실 자유전공학부 건물에는 강의가 없었다. 다들 원하는 과에서 원하는 수업을 듣기에 과건물 내에서 강의자체는 이루어지지 않았고 과 건물은 연회장이나 회의장, 그리고 학생별 개인 방이 있을 뿐이었다.

유선과 은선은 김창민과 잠시 이야기를 했는데 170cm 정도의 크지 않은 키에 평범한 아니 약간 못생겼다고 할만한 얼굴의 김창민은 외모만 보았을 때 호감가는 인상은 아니었다.

하지만 나름 명품 의상으로 세련되게 걸치고 있고 패션 감도 크게 나쁘지 않아서 외모적인 단점을 커버해 주었고, 무엇보다 화술이 능수능란해서 대화에 거부감이 들지는 않았다. 물론 이성으로서는 큰 매력을 느끼지 못했지만.

"여기서 이럴 것이 아니라 저 위 연회장에서 파티를 하는데 잠시 들어와 보시겠어요? 맛있는 음식도 많이 있어요. 하하하."

김창민은 그녀들은 모르면서 온 것처럼 행동하고 있지만 신인 연예인 둘이 여기까지 왔다는 것은 내심 스폰서 같은 걸 기대하고 왔을 거라고 지레 생각했다.

'아마 현호가 엮어주지 못하니까 돈 급한 년들이 알아보고 알아서 온 것 같은데. 위에 올라가서 품평 좀 해보자.'

김창민의 인도에 따라 연회장으로 들어가니 10여명의 남학생들이 세련되게 옷을 차려입고 둘 셋씩 앉아 식사를 하고 대화를 하고 있었다. 은은한 클래식 음악이 나와서 분위기 또한 그럴싸해 보였다.

"어때요? 분위기 괜찮죠?"

"아. 네⋯."

유선과 은선은 연예인이 되었지만 아직 데뷔한지 얼마 되지도 않았기에 이런 상류층의 분위기에는 아직 적응하지 못했다.

김창민이 유선과 은선을 데리고 들어오자 몇몇 남학생들이 김창민에게 접근했다.

"창민아 오늘 준비된 인원인 거야?"

"근데 왜 두 명 뿐이야?"

"야야. 아니야. 이분들은 오늘 축제 때 공연해주실 써니데이 분들이야."

김창민의 소개에도 서너 명의 학생들은 고개를 갸웃거렸다.

"써니데이? 누구지? 야 너 들어봤냐?"

"아니. 처음인데. 무슨 노래 불렀지?"

갸웃거리는 학생들에게 김창민이 말했다.

"야. 그 노래 있잖아. 일양에서 나온 오렌지 쥬스 광고 음악. 따라라 따라라~ 하면서 하는거. 기억 안나? 그 노래 부른 분들이야."

"아~ 그 노래 부른 가수구나. 근데 여긴 어떻게?"

유선과 은선은 주위에서 쏟아지는 질문에 정신을 차릴 수가 없었다. 방송 때의 인터뷰는 보통 대본이 있었고, 갑작스러운 질문들은 지선이 답변을 하였기에 약간 어리버리 대면서 질문에 답을 해갔다.

둘은 정신이 없었기에 연회장에 남자밖에 없다는 사실을 눈치채지 못하고 있었다.

둘에게 질문이 쏟아지고 있을 때 한 남자가 김창민을 살짝 불러냈다.

"야. 쟤네들은 뭐야? 현호가 없어서 오늘은 그냥 텐프로 애들 불러서 놀기로 한 거 아냐?"

"텐프로 애들 오려면 한 두시간 남았잖냐. 쟤들은 과 건물 밖에서 어리버리 대고 있던 신인 연예인인데. 내 생각엔 우리과 애들이 스폰 해준다는 말 듣고 찾아온 것 같아."

"스폰?"

"그래. 그렇지 않고서야. 매니저도 없이 둘이서 인적 드문 여기까지 올 이유가 없지. 스폰하고 있는 신인배우나 연습생들 말 듣고 찾아온 것 같다."

"그래? 근데 둘 뿐이니 어떡하지?"

"어떡하긴 뭘 어떡해? 일단 내가 스폰 할 생각 있는지 애들한테 물어볼게. 많으면 추첨하던가 자기들이 찾아올 정도니 대충 시세는 알겠지. 크크큭."

"그래. 저기 더 어린 쪽이 내 취향인데 나 저기 한 표다."

"알았어. 임마."

김창민이 알아보니 총 열네명의 인원 중에서 자신을 포함해 5명이 스폰을 원했고 유선 쪽이 두 명, 은선 쪽이 세 명이었다. 김창민은 상대적으로 성숙해 보이는 유선 쪽에 나섰다.

유선과 은선이 간단히 음료를 마시고 다른 사람과 이야기를 하는 동안 그들은 간단히 가위바위보로 우선권을 정했고, 김창민은 유선의 스폰에 대한 우선권을 얻었다. 은선에 대한 우선권은 약간 험상궂게 생긴 덩치 이형태가 얻었다.

우선권이 결정이 되자 김창민이 그녀들에게 말했다.

"저기 옆에 별실이 있는데 거긴 분위기가 더 좋아요. 한 번 가보실래요?"

"그래요? 언니, 별실도 있데. 여기 장난 아니다 그치? 학교에 이런 곳이 있는지는 전혀 몰랐어."

다들 매너가 좋고 분위기 또한 좋았기에 둘은 큰 의심없이 별실로 자리를 옮겼다. 별실은 연회장의 분위기와는 다르게 고급아파트와 같은 인테리어로 꾸며져 있었다. 별실에는 유선, 은선 말고는 김창민과 이형태만 들어갔다.

"이야. 이 과는 뭐하는 데 이길래 이런 곳까지 있는 거에요?"

은선이 신기해하면서 김창민에게 물었다. 김창민은 어깨를 으쓱하더니 이형태에게 시선을 주었다. 성질 급한 이형태가 대놓고 은선에게 말했다.

"대충 시세는 알죠? 여튼 그 쪽 참 맘에 드네요."

"시세요? 무슨 시세 말씀이신지?"

"너무 모른 척 할 필요 없어요. 창민이 말 들으니 어느 정도 알고 왔다는거 같더만."

"알고오긴 뭘 알고와요?"

"야. 김창민. 이게 뭐야? 알고왔다며?"

분위기가 점점 이상해지는 것을 느낀 유선과 은선은 나가야겠다고 마음먹고 자리에서 일어났다.

"유선씨, 은선씨 잠시만요."

처음 자신들은 이끌었던 김창민이 나타나자 둘은 잠시 멈췄다.

"여기 스폰 때문에 온 거 아니에요?"

"스폰요? 무슨 소리에요? 학교구경하다 여기까지 왔는
데."

"학교구경? 하. 내숭 그만떨고 이제 그냥 말하지?"

"창민씨 이상한 사람이네요. 은선아 이제 그만 가자."

김창민이 어이없어하며 말을 내뱉자 유선이 은선을 이
끌고 나가려고 했다. 그 때 갑자기 이형태가 앞을 가로 막
고 은선의 팔을 잡았다.

"악!"

"아 쌍. 졸라 꼴리게 해놓고 그냥 가냐?

"왜…이러세요…. 살려주세요…."

험상궂게 생긴 이형태가 인상을 쓰며 은선의 팔을 잡자
은선은 겁에 질려서 어쩔 줄 몰랐다. 그런 은선을 보면서
유선은 떨리는 마음을 다잡고 김창민에게 말했다.

"무…무슨 이유로 이러시는지 모르겠지만 지금이라도
우릴 보내주신다면 여기서 벌어진 일들에 대해서 아무 말
도 하지 않을게요. 그러니 우리를 보내주세요."

유선의 말에 김창민은 잠시 갈등을 했다.

"야. 형태야. 일 크게 만들지 말고 그냥 보내주자. 스폰
하러 온 거 아니라잖냐."

"아 씨발 몰라. 니가 일처리 똑바로 했으면 이런 일 없잖
아. 난 이미 꼴렸다고 새꺄."

이형태는 일광저축은행의 사주 아들로 기부금 입학하여
한국대학교에 들어온 학생이었다.

일광저축은행은 조직폭력배 일광회의 산하 기관으로 이
형태는 학생이라지만 사실 조폭에 더 가까운 성향을 지니
고 있었다.

특히 이형태는 다 합의를 해서 기록에는 없었지만 상당
한 전과도 갖고 있는 위험 인물이었다.

물론 다들 쟁쟁한 자유전공학부생들에게 큰 영향력을
발휘하진 못하였지만 가끔 이렇게 눈이 돌때는 말릴 사람
이 드물었다.

고민하는 김창민에게 이형태는 말했다.

"야. 이 년들 연예인이라며? 따먹고 사진 좀 찍어두면
함부로 알리지는 못할 거야. 끝까지 고소한다 하면 같이 술
마시다 동의하에 했다고 우기면 되지. 여기까지 따라 들어왔
는데 정황상 합의하에 한 것으로 처리할걸? 법조계에 좋은
친구들도 많잖아. 크큭!"

이형태 답지 않게 머리를 굴려서 나온 의견에 김창민은
상당히 흔들렸다.

"그래 씨발. 안그래도 나도 존나 꼴렸어. 이리와!"

김창민은 유선을, 이형태는 은선을 거실에 넓게 펼쳐진
소파 위에 눕혔다. 별실에는 세 개의 방이 따로 마련되어
있었지만 둘은 방으로 갈 생각도 하지 않았다. 어차피 그

룹섹스를 같이 했던 경험도 많았기에 오픈된 곳에서 하는 것이 어색하지 않았기 때문이었다.

"악! 살려주세요! 살려주세요! 으악!"

거친 남자들에게 눌려진 두 여성은 적극 저항했지만 남자의 힘을 이길 수는 없었고 비명과 함께 살려달라는 말밖에는 하지 못했다.

"야. 적당히 반항해 어차피 돈 벌려고 하는 거 아냐? 강제로 당하는 것 보단 그래도 돈이라도 받고 스폰질 하는 게 낫지 않아?"

강제로 하는 것을 더 좋아했던 이형태와는 달리 김창민은 강제로 하는 것 보단 호응을 해주는 관계를 좋아했기에 그래도 마지막까지 유선을 설득했다.

"개소리하지 마! 내가 반드시 너네 둘 감방에 쳐넣고 말테야! 반드시!"

유선은 독기품은 눈으로 김창민을 쏘아봤다. 김창민은 뜨끔했지만 욕정이 이성을 이겨냈기에 유선의 옷을 뜯다시피 벗기려하였다.

"악!"

김창민의 얼굴을 뇌리에 새길 듯이 쏘아보던 유선은 옆에서 들리는 비명소리에 은선에게 고개를 돌렸다.

은선은 입고 있던 티셔츠와 브래지어가 이형태의 손에 찢어져서 소담스러운 가슴이 다 드러났고 핫팬츠를 입고 있던 하체만을 사수하고 있었는데 적극적인 반항에 이형태가 손찌검을 했던 것이었다.

"이년아 정도껏 해. 더 맞기 싫으면."

뺨을 맞은 은선은 겁에 질려 더 이상 반항도 못한 채로 벌벌 떨고 있었고, 유선 역시 몸을 뺏길 수밖에는 없다는 수치심과 무력감에 눈물을 흘렸다.

그때였다.

쾅!

굉음과 함께 거실 전면 유리창이 거미줄과 같은 균열을 일으키며 거실로 넘어졌다. 자동차 유리와 같이 필름이 든 이중 유리라 산산조각 나서 부서지는 것이 아니라 유리가 통째로 거실로 쓰러졌고 유리를 따라 한 인영이 나타났다.

"뭐야?"

"씨바 뭐야!"

반쯤 정신을 놓고 있던 은선을 제외하곤 세명은 굉음이 난 창문 쪽으로 고개를 돌렸다.

"뭐긴 뭐야 저승사자지."

그 인영은 강민이었다.

✤

강민은 경영학과 주점에서 술을 마시다가 가위바위보를

해서 아이스크림을 사오라는 벌칙에 걸려서 아이스크림을 사러갔다 오는 길이었다.

사실 강민이 아이스크림을 사러간 이유는 학생회의 귀여운 음모 때문이었는데 유리엘이 주점에 들어오자 주점에 손님이 눈에 띄게 많아지는 것을 알아챈 경영학과 학생회에서 짜고 유리엘만 남기기 위해서 수작을 부렸던 것이었다.

물론 뒤에서 속삭이며 귀여운 계략을 꾸민 것을 강민과 유리엘은 알아차렸지만 둘은 알면서도 속아주었다.

경영학과 학생들은 둘이 부부인 것을 대부분 알았지만 타과생이나 외부인은 잘 몰랐기에, 유리엘의 미모를 활용하여 매출을 올리려는 심산이었는데 강민이 있으면 그것이 힘들 것 같으니 갑자기 아이스크림 내기 운운하며 강민을 보냈던 것이었다.

이런 이유로 주점을 나왔던 강민은 급할 것도 없어 천천히 중앙도서관에 있는 매점으로 걸어가고 있었는데 다급한 비명소리를 듣고 여기까지 움직인 것이었다.

일반인이라면 아니 웬만한 능력자라도 밀폐된 공간에서 나는 소리라 당연히 들을 수 없는 소리였지만, 특수한 능력으로 막은 것이 아니라면 반경 1km 정도는 신경 쓰지 않아도 대부분의 소리를 들을 수 있는 강민이기에 은선의 비명을 들을 수 있었던 것이다.

강민은 이곳에서 정의의 사도인양 모든 악을 해결하려는 마음은 없었다. 물론 [정의실현]을 행동양식으로 세운 과거에 있던 차원에서 모든 악을 척결하려고 한 적이 있긴 했었다.

하지만 인간의 욕심은 끝이 없었고, 인간이 희노애락의 감정과 자유의지를 지닌 한 모든 범죄는 없어지지 않는다는 것을 오랜 시간 동안 경험하며 깨달을 수 있었다.

그래서 나중에는 그 곳에서도 큰 범죄만 척결했을 뿐, 결국 사소한 범죄는 그냥 둘 수 밖에 없었다.

더군다나 [적응]과 [은둔]을 행동양식으로 삼는 이곳에서 모든 범죄에 관여할 생각은 없었다. 하지만 바로 옆에서 벌어지는 범죄를 눈감을 정도로 무관심한 것은 아니었다.

강민처럼 힘이 있고 기준이 있는 강자는 오히려 눈 앞에서 벌어지는 범죄를 참는 것이 더 힘들 것이다. 힘이 있는데 의지가 있는데 왜 불의를 참겠는가?

그래서 강민은 애써 범죄를 척결하지는 않겠지만 눈이 가는 범위에서 손이 닿는 범위에서 벌어지는 범죄에는 자연스럽게 몸이 움직였다.

이번에도 비명소리로 인해서 그리로 잠시 집중해보니 명백한 성폭행의 현장이었기에 몸이 절로 그쪽으로 움직였던 것이었다.

강민의 등장에 잠시 얼떨떨했던 이형태는 욕설을 내뱉으며 강민을 협박했다.

"이 새끼야 여기가 어딘지 알고 들어온거야! 당장 나가!"

이형태는 욕정에 취해 머리가 돌아가지 않는지 강민이 거실 유리를 박살내고 들어왔다는 사실도 망각한 채 강민을 쫓아내고 하던 일을 마무리 하고 싶어했다.

김창민은 깨어진 유리를 보고 정신을 차렸는지 말을 더듬으며 강민에게 말했다.

"어…어떻게 하신건….지… "

"일단 떨어지고."

말과 함께 손을 흔들어 김창민과 이형태를 유선과 은선에게서 떼어냈다. 둘은 허공에 떠오르더니 벽에 퍽하고 부딪힌 후 떨어졌다.

그리고 거실의 테이블보를 털어서 아직도 멍하게 정신이 나가있는 은선에게 둘러줬다.

은선은 아직 반쯤 혼비백산 한 상태로 정신을 못 차리고 있었기에 유선이 자신의 뜯겨진 옷을 추스르며 강민에게 인사를 했다.

"정말 감사합니다. 정말. 흑흑…."

하지만 감사인사를 하면서 안도감이 들었는지 터져 나오는 울음을 참지는 못했다.

"자. 아가씨 생각엔 이 녀석들은 어떻게 처리하는 것이 좋겠어요?"

둘 다 정신을 못 차리고 있었으면 적당히 저 두 놈을 처리하고 그녀들을 안전한 곳으로 옮긴 다음 마무리 지었겠지만 유선이 정신을 차리고 있었기에 그녀의 의사를 물어보았다.

강민의 물음에 유선은 잠시 고민했다. 현실적인 성격이었던 유선은 법으로 넘어간다면 강간미수에 그친 김창민과 이형태가 무거운 벌을 받지 않을 거라는 생각이 들었다.

그리고 소송에 휘말리면 이제 갓 데뷔한 자신들의 이미지도 나빠질 것이라는 우려 또한 들었다.

하지만 뺨을 맞아 얼굴이 발갛게 부어오른 채 넋이 나가있는 은선을 보니 어떤 식으로든 벌을 주고 싶었다.

또한 강민의 비현실적인 힘과 좌중을 지배하는 아우라를 보고 나니 무리한 요구라도 강민이 들어준다면 이루어질 것 같다는 막연한 기대감마저 들었다.

유선은 생명의 은인에게 또 부탁하는 것이 미안하기도 했지만 강민이 먼저 물어보았기에 망설이다 대답했다.

"다시는… 다시는 이런 일을 못하도록 해주시면 감사하겠습니다."

"그러죠."

가벼운 물건을 옮겨달라는 부탁을 들은 듯 강민은 망설임 없이 대답했고 다시 손을 들어 김창민과 이형태를 가리켰다.

우당탕탕~

강민의 손짓에 따라 거칠게 날아온 둘은 거실 테이블을 박살내며 나뒹굴었다.

"으…윽…. 우리를 어쩔 셈이요?"

"윽…이대로 물러간다면 우리도 일을 크게 만들지 않겠 다. 내 뒤에 누가 있는지 모르지? 일광회에서 가만두지 않 을 거야!"

하지만 이형태 본성은 숨기지 못했는지 되려 강민을 협 박하려 들었다. 이형태에 말에 가소롭다는 미소를 살짝 띠 운 강민은 그 들의 중심부에 마나를 쏘아냈다.

"악!"

"헉!"

각각 한마디씩의 비명이 김창민과 이형태에게서 새어나 왔다. 둘의 중심은 점점 뜨거워지기 시작했다. 둘은 바지 속을 열어보진 못했지만 아마 불구덩이 속에 있으면 이런 느낌일 것이라는 생각이 들었다.

"으아악! 이 자식 너 무슨 짓을 한거야!"

이형태는 고통에 중심을 부여잡다 분노가 고통을 이겼 는지 얼굴을 일그러트리며 일어나서 강민에게 주먹을 날 렸다.

하지만 이형태의 주먹은 강민의 손에 빨려 들어갔고 강민의 손이 쥐어지면서 이형태의 오른손이 으스러졌다.

으드득!

"으악! 악!"

이형태는 아마 평생 오른손은 쓸 수 없을 것이다. 뼈가 부러진게 아니라 으스러졌으니 말이다.

이형태의 손을 으스러트린 강민은 잠시 어느 정도까지 처리할지 그들에 대한 처분을 생각했다. 사실 저 둘은 이제 성행위를 할 수 없을 것이기 때문에 이런 일을 다시 못하게 해달라는 유선의 주문은 달성한 상태였다.

하지만 지금 상황을 봐선 둘이 사회적인 권력이나 재력을 지닌 기득권층임이 분명했고, 이형태는 일광회를 운운하지 않았는가. 이 상태로 그냥 내버려 둔다면 필시 보복을 하기 위해서 날뛸 것이다.

그렇다고 보복이 귀찮아서 죄를 짓는 자를 모조리 죽인다는 것도 확실히 과한 일이었다.

강민은 기준이 명확한 남자였지만 그 기준대로 일을 처리하면 결국 세상의 기득권 전체와 싸워야 할 것이라는 것을 알고 있었다.

기득권층과 싸우는 것이 두려운 것은 아니었다. 실제 과거에는 그런 적도 많았고 그들을 멸절 시킨 적도 많았다. 하지만 기득권을 처리한 곳에는 다른 기득권층이 생겼었고 그들은 기득권을 유지하기 위해서 또 다시 부패하는 경우가 많았다. 강민은 그런 그들을 다시 처리했었다.

그런 일이 반복되며 비슷한 흐름에 강민과 유리엘은 지루함을 느낄 수밖에 없었고 결국 차원마다 몇 가지 행동양식을 결정해서 생활했던 것이었다.

그리고 강민은 아직까지는 이 차원에서의 행동양식을 지키고 싶었다. 이번엔 단순한 지루함을 극복하기 위해서가 아닌 가족들의 일상을 위해서 그렇게 생각했다.

하지만 한편으로는 자신이 없었을 때 가족들이 이런 일을 겪었으면 어떠했을까 라는 생각도 들었다. 만약 강민이 없었다면 가족들은 이런 범죄에 그냥 노출이 되었을 것이고 범죄자가 기득권층이라면 제대로 된 구제도 받지 못했을 것이다.

어차피 강민은 돌아왔고 이제는 가족들이 그런 위험을 겪을 일은 없지만 일상을 지킨다는 생각에 가족들이 더 좋은 세상에 살 수 있는 길을 포기할 필요는 없다는 생각이 들었다.

전면적으로 나서서 기득권층을 척결하고 세상의 개혁까지 생각한 것은 아니지만 적어도 강민 주위에서라도 강력 범죄에 대해서 근절 해놓는 것이 가족들을 위하는 길일 수도 있었다.

'어느 정도는 주변 정리를 하고 힘을 보여야 하려나…'

일단 김창민과 이형태의 처리가 우선이었다.

"이걸 배워두길 잘했군."

강민은 최근에 지나쳐왔던 차원에서 몇 가지 술법을 배웠는데 이번에 써먹을 생각이었다.

지금 강민이 펼치려는 술법은 일종의 금제법으로 스스로 악한 마음을 갖는다면 극심한 두통을 일으키는 방식으로 작용하는 술법이었다.

삼장법사가 손오공의 머리에 씌웠던 금고아와 같은 술법이었다.

강민이 둘의 머리를 각각 가리키며 '옴' 이라는 짧은 진언을 말했다. 강민의 손에서 푸른기운이 쏘아져 나가더니 둘의 머릿속으로 사라졌다.

"으아악!"

"으악!"

아까 전 중요부위에서 발생했던 고통은 지금 고통에 비하면 아무것도 아니었다. 둘은 바닥을 데굴데굴 구르며 고통에 몸부림쳤다.

일을 마친 강민이 유선을 돌아보자 김창민과 이형태의 악쓰는 소리에 은선도 정신이 돌아왔는지 둘이 껴안고 펑펑 울고 있었다.

"이제 이 놈들 나쁜 짓은 못할 겁니다."

"감사합니다. 흐흑…."

"일단 여기서 나가지요. 어디로 데려다 드릴까요?"

"아까 총학생회 건물로 가기로 했어요…."

"그럼 잠시."

강민은 유선과 은선을 잡고 걸음을 옮겼는데, 은선과 유선의 입장에서는 마치 순간이동을 한 듯 순식간에 총학생회 앞으로 도착했다.

유선과 은선을 내려놓은 강민은 다시 걸음을 옮겨서 사라졌다.

강민이 사라지는 뒷모습을 보고 은선은 잠깐만이라고 외쳤지만 강민은 그것을 못 들은양 그냥 사라져버렸다.

한참동안이나 강민이 사라진 곳을 바라보던 유선은 꼭 한국대에 다시 와서 강민을 찾아 감사인사를 해야겠다는 마음을 먹었다. 하지만 이내 놀랄 수밖에 없었다. 강민의 얼굴이 도저히 기억이 나지 않았기 때문이었다.

사람의 얼굴을 꽤나 잘 기억하는 편인 유선으로서는 생명의 은인이라고 할 수 있는 강민의 얼굴이 떠오르지 않는다는 사실에 스스로 충격을 받을 수밖에 없었다.

다시 매점으로 가서 아이스크림을 사고 돌아가는 강민의 발걸음은 가볍지만은 않았다. 가족들의 일상을 지킨다는 입장과 가족들이 살기 좋은 세상을 만든다는 명제에서 어느 쪽에 무게를 둬야할지 고민을 하고 있었기 때문이다.

'그런 그렇고 유리엘의 인식장애결계는 편리한데? 일반

인에게 힘을 쓰면서도 정보통제에 대한 우려를 할 필요가 없고 말이야.'

유리엘은 최초 금강산에서 서울로 올 때 헬기에 사용된 인식장애결계를 보고 원리를 파악해서 강민의 반지에 걸어줬는데 필요할 경우 간단한 마나 주입만으로 인식장애결계를 만들 수 있었다.

특히 이중의 구조라 반경 30미터까지는 직접 관련자 이외에는 인식을 할 수 없게 하였고 관련자라 하더라도 강민의 신체에 별도로 인식장애를 발생시켜 강민의 인상착의를 떠올리면 인식할 수 없게 하여 능력을 발휘하더라도 일반에게 알려지지 않도록 조치를 취했다.

사실 강민과 유리엘 둘만 지냈던 과거의 차원에서는 필요 없는 조치였는데, 최현호 사건 이후로 일상에서도 알려지지 않게 능력을 사용할 필요를 느꼈고 그것을 해결하기 위해서 유리엘이 만들었던 것이었다.

물론 불특정 다수에게 작용하는 방식이라 마나능력자에게는 통하지 않았지만 어차피 마나 능력자라면 별도로 처리하면 되었기에 문제는 없었다.

한편 축제의 메인무대에는 급하게 라인업이 고쳐졌는데 첫 번째 공연을 담당할 써니데이가 출연하지 못해서 긴급하게 동아리 연합회에서 내세운 락밴드 블루캐슬이 그 대타를 했다.

성폭행은 미수에 그쳤지만 아직 어린 여성들이 그런 일을 겪고 곧바로 무대에 설수는 없었기에 결국 써니데이는 공연에 나서지 못했다.

써니데이가 아직 인지도 있는 인기 아이돌이 아니었기에 공연 취소에 따른 큰 소란은 없었는데 연예인의 섭외를 맡은 자유전공학부의 체면이 다소 구겨지긴 하였다.

7장. 개입

NEO MODERN FANTASY STORY & ADVENTURE

현세귀환록

7장. 개입

축제 기간도 끝나고 평소와 같이 강의를 마치고 집으로 돌아온 강민이 오랜만에 가족들과 외식을 권했다.

"오빠 미안한데 선약이 있어. 미안. 헤헷."

"선약? 그럼 어쩔 수 없지. 그럼 내일은 어때?"

"내일은 괜찮아. 그럼 난 약속이 있어서 나가 볼게. 이따 봐~"

평소에 아끼던 핑크빛 원피스를 입은 강서영은 서투르지만 화장까지 한 예쁜 모습으로 집을 나섰다.

평소와는 다른 강서영의 모습에 강민이 혹시나 하는 심정으로 유리엘에게 물었다.

"유리, 서영이 혹시 연애 하는거야?"

"민도 참. 오빠가 되어서 동생한테 관심 좀 두세요. 서영이 저번 달에 소개팅 해서 지금 만나는 남자 있어요."

"뭐? 유리는 어떻게 알았어?"

"서영이가 저한테는 상담을 하더라구요. 오빠보다 새언니가 더 믿음직한가보죠. 호호."

강민도 당연히 가족에게 신경을 쓰고 있었지만, 어리게만 보았던 여동생이 연애한다는 생각은 하지 못하고 있었기에 약간 놀랐다.

강서영은 남자인 강민보다 여자인 유리엘에게 좀 더 의지를 하고 있었고, 이미 친구관계, 선후배 관계 등 여러 가지 상담을 유리엘에게 하고 만족할 만한 답을 얻었기에 연애문제에 대해서도 유리엘에게 상담을 했었던 일이었다.

어쩌면 강민은 강서영에게 아버지와도 같은 느낌의 오빠였기에 연애 같은 상담을 하기엔 적절하지 않다고 생각했을지도 몰랐다.

"하핫 참. 나한테 비밀 만든거야 유리? 말도 안 해주고 말이야."

"난 민이 언제 서영이가 연애하는 것 알아차릴까 내심 궁금했어요. 생각보다 오래 걸렸는걸요? 후훗."

"근데 어떤 녀석이야? 유리가 확인했지?"

"네. 이야기 듣고 한번 확인해봤는데 마나 성향으로 봐선 그렇게 나쁜 녀석은 아닌 것 같아요. 다만…."

"다만?"

"마나색이 좀 흐린 걸로 봐선 강단이 없고 좀 심약하긴 한 것 같아요."

"그건 그리 문제 될 거 같진 않는데. 근데 뭐하는 녀석이래?"

"하하하. 민도 이럴 때 보면 어김없는 보통 오빠네요."

"뭐… 그렇지…."

유리엘의 말에 강민이 쑥스러운지 머리를 긁적거렸다.

"같은 한국대학교 학생인데, 약대 3학년인가 그렇다네요. 나이는 26살이라 하고, 저번 달에 친구들이랑 과 미팅 갔다가 만났다는데, 남자가 소심해 보였는데 용케 고백을 했나봐요. 서영이도 그리 싫지 않은지 오케이 했구요. 그래서 저번 달부터 만나기로 했대요."

"이번이 서영이 첫 연애지? 괜히 상처 받는 일 없었으면 좋겠는데…."

"너무 걱정 말아요. 어차피 사람을 만나다 보면 만났다가 헤어졌다가 하는 거죠. 그러면서 인간관계를 알아가지 않겠어요?"

"난 유리밖에 없었는데? 이제까지 그래왔고 앞으로도 계속."

강민이 유리엘을 지긋이 바라보며 말했다. 유리엘은 강민의 영혼의 떨림을 느낄 수가 있었다. 강민은 그런 남자였다. 한순간도 유리엘에게 진실하지 않은 적이 없었고 진심이지 않은 적이 없었다.

영혼까지 함께 나눈 둘이 서로의 감정을 모를 리가 없었다. 그래서 유리엘은 더 고마웠다.

잠깐의 침묵 속에서 둘의 감정이 오갔다. 한껏 충만해진 기분으로 유리엘이 말을 했다.

"……우리와 같은 사이는 없을 거에요. 과거에도 미래에도, 그 어디에도."

❖

강서영은 미니쿠퍼를 몰고 약속했던 홍대 앞 프랜차이즈 카페로 갔다. 적당히 주차를 하고 카페로 들어가니, 카페에는 한수찬이 이미 와서 기다리고 있었다.

한수찬은 170센티미터 중반의 키에 몸도 호리호리한 모범생 이미지의 학생이었다. 약간 긴 머리에 뿔테안경은 별로 놀지 않고 공부만 했던 모범생 이미지를 더 부각 시키고 있었다.

"오빠 언제 왔어? 많이 기다렸어?"

"아. 좀 전에 왔어. 괜찮아."

"근데 표정이 왜 그래?"

"아냐. 내 표정이 어때서?"

"글쎄, 왠지 좀 어두운 것 같아서 말야. 혹시 무슨 일이라도 있어?"

"아무 일 없어. 하하. 뭐 마실래?"

"마시기는 여기 비싸. 어차피 영화보러 가기로 했으니까 그냥 영화관에 바로 가서 기다리자."

"으이그, 그렇게 안 아껴도 돼. 여튼 그래 그럼 영화관으로 가자."

강서영은 그간 과외 한다고 한 번도 미팅이나 소개팅을 나간 적이 없었다. 귀여운 얼굴에 대쉬를 받은 적은 꽤나 많았지만 스스로가 여유가 없었기에 다 거절했고, 과외여왕이라는 별명과 동시에 불문대 철벽녀라는 별명도 있었다.

하지만 강서영은 그런 별명에 신경 쓸 마음의 여유가 없었다. 학비와 생활비 벌이에 최선을 다하고 있었기 때문이었다.

그러나 강민의 귀환 후 상황은 달라졌다. 과외는 하나 남기고 다 줄였기에 시간적 여유도 생겼고, 오빠가 집안에서 든든히 받치고 있으니 마음에 여유도 생겼다. 그런 강서영의 상황을 알아챈 친한 친구가 강서영에게 미팅을 나가자고 꼬셨다.

과거의 강서영이라면 당연히 거절할 테지만 시간적인 여유 뿐만 아니라, 무엇보다 마음에 여유도 많이 생겼기에 다시 생각해 보았다.

특히 여유가 생겨 주위를 둘러보자 과거에는 관심이 없어 몰랐지만 친한 친구들은 다들 한두번 이상씩은 연애를 하였고 지금도 연애를 하는 친구들도 많았다. 알콩달콩 연애를 하는 모습을 보니 괜히 부러웠고, 연애 자체에 대한 궁금증도 많이 생겼다.

그래서 결국 소개팅에 갈 마음을 먹었었다. 소개팅은 주선자 커플이 여자는 불문과 남자는 약대였기에 여자쪽은 불문과, 남자쪽은 약학대로 3:3이 맞춰졌다.

소개팅에서는 단연 강서영이 돋보였다. 귀여운 얼굴에 늘씬한 몸매까지 남자들의 시선을 사로 잡았다.

그제서야 강서영을 꼬셔온 친구는 후회를 했지만 이미 늦은 상황이었고, 3:3에서 마음에 드는 사람과 1:1 자리로 넘어갈 무렵 남자들은 모두 강서영의 선택을 기다렸다.

잘생긴 약대생도 있었지만 강서영의 눈에 띈 건 숫기 없어보이는 한수찬이었다. 강서영이 한수찬을 선택한 것에 강서영의 친구도 한수찬의 친구도 놀랐지만 강서영은 숫기없는 그의 모습이 마음에 들었다. 자신도 모태솔로로 연애경험이 없었기에 서로 맞춰가면 되지 않겠냐라는 생각도 하였다.

미팅 후 서너번을 더 만났고 숫기 없어 보이는 한수찬이 큰 결심을 했는지 얼굴이 벌개져서 한 사귀자는 말에 강서영이 오케이 한 뒤로 둘은 연인이 되었던 것이다.

예상대로 한수찬은 연애경험이 거의 없었다. 두어번 한 연애도 다 짧게 끝났다고 했다. 자세한 이유는 밝히지 않았고 그냥 성격차이라는 말만 들었다.

강서영은 무던한 성격의 한수찬이 성격차이로 헤어졌다는 말을 하니 참 드센 성격의 여자를 만난 것 같다는 생각을 속으로 하였다.

만난지 두 달째이지만 약간 소심한 것을 빼면 크게 나쁜 점은 없었고 오히려 강서영은 첫 연애의 재미를 알콩달콩 느껴가고 있었다. 굳이 한가지 더 나쁜 점을 찾자면 집에서, 특히 모친에게 전화가 많이 온다는 점이었다.

오늘 보기로 한 영화는 최근 인기 있다는 로맨틱 코미디 영화 "그녀를 부탁해"였다.

과거에는 영화도 거의 보지 못한 강서영은 데이트 코스로 영화관을 가는 것을 좋아했고, 한수찬 역시 연애초보라 데이트 코스 같은 건 짜보지 않은 상황이라 주로 영화관 데이트를 많이 했다.

"오빠 영화 어땠어? 난 여주인공 상황이 너무 극적으로 설정된 것 같아서 몰입이 잘 안되더라구."

강서영의 말에도 한수찬은 무슨 생각을 하는지 대답을 안 하고 골똘히 생각만 하고 있었다.

"오빠?"

"어? 뭐라고 했어? 잠깐 딴 생각 해서 못 들었어. 미안. 하하."

어색한 웃음으로 무마시키려는 한수찬이었다.

"진짜 오빠 무슨 일 있어? 아까 영화 볼 때도 전혀 집중 못하는 것 같더니."

"아냐. 아무 일 없어. 서영아 미안한데. 오늘은 좀 일찍 들어가 봐야겠어."

"그래 오빠. 오늘은 얼른 들어가서 쉬어~"

데이트를 마치기엔 좀 이른 시간이지만 둘은 별 말 없이 헤어져서 각자의 집으로 갔다.

다른 연인들과 마찬가지로 전화상으로라도 굿나잇 인사를 나누던 둘이었지만 오늘은 늘 오던 시간에 한수찬에게 오던 전화도 없었다. 강서영이 먼저 전화했지만 받지도 않았다.

'이상하네. 오늘 영 기분이 안 좋아 보이던데.'

강서영은 전화를 달라는 문자만 한통 더 남긴 채 전화를 더 독촉하거나 하지는 않았다.

하지만 한수찬은 이틀이 지나도록 연락이 없었다.

강서영은 그 사이 두 차례의 전화와 두 차례의 문자를

더 남겼지만 아무런 답이 없어서 무슨 사고가 난 것이 아닌가 하는 걱정을 하고 있는 상황이었고, 내일은 집으로 찾아가봐야겠다는 생각도 하였다.

강서영이 그런 생각을 하고 있던 그날 저녁, 한수찬에게서 전화가 왔다.

"여보세요? 오빠 무슨 일 있었어?"

[…수찬이 엄마 되는 사람입니다.]

"네? 아… 안녕하세요."

당황한 강서영은 앞에 사람이 없음에도 불구하고 꾸벅 인사를 하고 말았다.

[내일 세시에 한국대학 정문 들녘 카페에서 한번 봤으면 하네요.]

"아. 네…."

[그럼 내일 보죠.]

냉정한 어투의 한수찬의 어머니는 자신의 할 말만 하고 전화를 끊어버렸다.

한수찬이 연락이 안 되는 이유를 묻고 싶었던 강서영은 자신의 의문도 해소하지 못한 채 한수찬 어머니의 일방적인 페이스에 말려서 끊어진 전화를 들고만 있었다.

한수찬의 전화로 전화가 왔기에 한수찬에게 문자를 하는 것조차 조심스러웠다.

카페 들녘 앞에 선 강서영은 다시 한 번 심호흡을 하였다.

옷이 많지는 않았지만 가진 옷 중에서 가장 차분하고 깔끔한 옷을 선택한 강서영은 풋풋하고 귀여운 모습에 누구나 호감을 가질만한 모습이었다.

십오분 일찍 카페에 도착해서 본인이 기다릴 줄 알았지만 문을 열자마자 카페의 구석 테이블에 앉아 있는 날카로운 인상의 아주머니가 손을 들어 본인이 한수찬의 어머니임을 알렸다.

아마 한수찬의 휴대폰에서 강서영의 사진을 보고 이미 얼굴을 파악 했으리라.

"안녕하세요. 강서영이라고 합니다."

"앉아요."

"아. 네."

아무리 넉살 좋은 사람이라도 자신을 적대한다는 분위기가 풀풀 풍기는 사람에게 호의적으로 대하는 것은 힘들다. 강서영도 여태껏 어른들을 대하기 힘들다는 생각을 한번도 한적은 없었지만 지금 이 자리는 너무도 어려웠고 불편했다.

하긴 강서영의 호감가는 인상에 그녀의 인생에서 애초에 적대감을 갖고 그녀를 대하는 사람을 만나는 것이 더 드물었을 것이다. 그렇기에 지금의 분위기는 강서영을 더욱 긴장하게끔 몰아갔다.

한수찬의 어머니는 이미 커피를 한잔 하고 있었기에 강서영은 커피를 주문하러 가기도 힘들었다.

한수찬의 어머니는 강서영 앞에 음료가 있는지 여부는 관심이 없었기에 강서영이 앉자마자 본론을 꺼냈다.

"불편한 자리가 될 거 같으니 단도직입적으로 본론만 말할게요."

"네? 네…."

"우리 수찬이 그만 만나면 좋겠네요."

한수찬의 어머니의 말에 강서영은 당황해했다. 애초에 냉랭한 분위기를 보았을 때 좋은 말이 나올 것이라고 생각하지는 않았지만 이렇게 다짜고짜 헤어지라는 말이 나올 줄은 몰랐다.

"네? 왜 그러시는지요? 그리고 오빠가 이틀째 연락이 안 되는데 무슨 이유인지 아시나요?"

"앞으로도 연락 안 될 거니 헛수고 하지 말고, 여튼 헤어지는 걸로 알고 가겠어요."

"어머님. 어머님 말씀을 따르더라도 이유라도 알고 싶어요."

"어머님은 무슨 어머님! 구질구질한 집구석 자식이라고 끝까지 구질구질하게 나오네!"

한수찬의 어머니는 차갑게 강서영을 쏘아붙였다.

강서영의 집까지 비하하는 차가운 한수찬 어머니의 모습에 자신이 무슨 잘못을 하였길래 이런 취급을 당해야 하나라는 의문이 들면서 강서영도 긴장에서 벗어나 차분해졌다.

처음에 한수찬이 연락을 받지 않자 강서영은 혹시 한수찬의 건강에 무슨 일이 있는 것이 아닌가 했는데 지금 한수찬의 어머니의 반응을 보니 그런 것 같지는 않았다.

강서영은 다시금 마음을 단단히 먹고 한수찬의 어머니에게 말했다.

"이유를 알아야지 헤어진 다음에 혹시나 마주치더라도 자연스럽게 넘어갈 수 있지 않겠어요?"

강서영의 단호한 표정에 흠칫한 한수찬의 어머니는 말을 이었다.

"표정 보니 구질구질하게 굴진 않을 것 같네. 그래 이유를 말해주죠. 둘이 어울리지 않아서 헤어지라는 거에요. 외제차 타고 다니길래 어디 좀 사는 집 자식인줄 알았더니, 알아보니 사업실패한 집 딸이라며? 그쪽 엄마도 공장에서 일했다 짤렸다는 것 같던데 외제차는 어떻게 샀대?"

"저희 집이 가난해서 저랑 수찬 오빠 헤어지라는 것인가요? 혹시 수찬 오빠도 알고 있나요?"

"수찬이가 아니까 내가 수찬이 폰으로 전화해서 이렇게

나왔지. 여튼 구질구질하게 들러붙지 말고 수준에 맞는 사람하고 만나요. 무슨 허영으로 그 수준에서 외제차까지 몰고 다니는지 모르겠지만 분수에 맞게 살고."

강서영의 머리가 차갑게 식었다. 한수찬의 어머니가 어떤 루트로 잘못된 정보를 얻었는지 모르겠지만 일단 뒷조사를 했다는 사실에 기분이 나빴고 그것을 빌미로 헤어지기를 종용하는 것에 더 기분이 나빴다.

하지만 무엇보다 화가 나는 것은 가족들을 비하하는 행동이었다. 자세한 상황도 모르면서 가족들을 비하하는 것은 참을 수가 없었다.

머리가 차갑게 식은 강서영은 굳이 한수찬 어머니의 말을 정정할 필요도 느끼지 못했다.

지금은 실종되었던 오빠가 돌아와서 경제적으로 문제가 없다는 말을 할 필요도 느끼지 못했고 하기도 싫었다.

사실 강민이 어느정도의 경제력을 가지고 있는지 강서영은 알지도 못하고 있지 않는가. 또한 강서영은 강민의 경제력에 기댈 생각이 없었기에 더 설명할 생각이 없었다.

한수찬이 연락을 안하고 한수찬의 어머니가 자리에 나온 것에 이유가 있을지 모르겠지만, 아직은 사랑한다기 보다 좋아한다는 감정으로 만나고 있는 상황에서 이런 모친의 등장과 발언은 강서영의 마음을 싸늘하게 식어버리게 만들었다.

마지막 말을 마친 한수찬의 어머니는 주저없이 일어나서 가게 밖으로 나갔다.

하지만 강서영은 일어나지 못하고 자리에서 두 눈에서 한줄기 눈물을 흘리며 슬픔과 분노가 섞인 생전 처음 느껴보는 감정을 추스르고 있었다.

❖

터덜터덜 집으로 돌아온 강서영은 침대에 엎드리자마자 펑펑 울었다.

강서영의 마나가 불안정해진 것을 느낀 강민과 유리엘은 강서영이 방에 들어간 뒤 신경을 집중했다.

이내 강서영의 울음소리가 들리자 유리엘은 강민이 일어나서 강서영에게 가려는 것을 말리고 스스로가 나서서 강서영의 방문을 두드렸다.

[이런 건 민 보다 내가 하는게 낫겠어요.]

"서영아. 왜 그러니? 들어가봐도 되니?"

원래 호칭은 아가씨가 맞지만 편하게 지내는 사이였기에 전부터 둘은 그냥 이름을 부르기로 하였다.

"…언니…. 지금은 혼자 있고 싶어요…."

"그래 알겠어. 나중에 봐. 대신 좀 진정되면 무슨 일인지 말해주렴."

"…네…. 언니…."

거실로 돌아온 유리엘은 강민에게 고개를 저으며 강서영이 지금은 대화를 할 상태가 아님을 알렸다.

[유리엘, 확인해 보는 게 어때?]

[신체적, 정신적으로 타격을 입은 심각한 일도 아닌 것 같은데 그렇게까지 해야겠어요? 서영이의 프라이버시잖아요.]

[그래도 서영이가 첫 연애인데 괜한 상처로 다른 사람을 만나지 못하게 될까 걱정이 되어서 말야.]

강서영이 어제 한수찬의 어머니를 만나러 간다고 유리엘에게 상담을 했기에 강민과 유리엘은 대강 한수찬과 관련된 일로 강서영이 상심한 것을 알았다. 하지만 무슨 이유인지는 몰랐기에 강민이 확인해보자고 했던 것이었다.

강민이 확인하자고 한 것은 유리엘이 강서영과 한미애의 보호를 위해 만들어준 팔찌를 통해서였다.

유리엘이 준 팔찌에는 유리엘의 강력한 마법이 새겨져 있었는데 충격에서 보호하는 것은 물론이거니와 수화불침에 산소까지 공급해주는 쉘터 기능에 행여 일정량 이상의 충격이 가해질 경우에는 집으로 안전하게 텔레포트 시켜주는 기능까지 첨부되어 있는 강력한 보호 마법기였다.

특히, 강민과 유리엘이 없는 경우 사건이 발생하는 것에 대비하여 유리엘이 원거리에서도 팔찌 주위를 살필 수 있도록 조치되어 있었고 1주일 전의 상황까지 기록되게 되어 있어 사건의 전후마저 알아볼 수 있도록 되어 있는 마법기였다.

[민도 영락없는 오빠네요. 호호호.]

[오랜만에 보는 가족이다 보니 조금이라도 힘들게 해주고 싶지 않아서 그래. 나 없는 10년간 고생 많이 했었잖아.]

[음… 그래요. 어차피 서영이도 진정되면 대강 전후는 말해줄테니 조금 빨리 알았다고 생각하죠.]

말을 마친 유리엘은 곧 마나를 일으켜 강서영의 마법 팔찌의 마나와 감응하였고 어제의 기록을 빠르게 살폈다.

"음…."

이윽고 사정을 알게 된 유리엘은 강민에게 강서영과 한수찬의 어머니 간에 있었던 일에 대해서 간략히 말해주었다.

[결국 돈 때문인 거네. 서영이도 여기 기준으로 충분히 많은 돈을 쓸 수 있었을 텐데. 아니, 나에 대해서만 조금 말했어도 저런 대우는 받지 않았을 텐데. 왜 그렇게 하지 않았을까?]

[서영이가 그렇게 사치하는 애가 아니잖아요. 아마 민이 준 카드도 거의 쓴 적이 없을 거에요. 과외 하나 남긴 것도

자기 용돈하려고 남긴 아인데요 뭘. 아마 민이 가진 재산은 자신과 무관하다고 생각해서 저런 말에도 반응하지 못했을 거에요. 그리고 서영이는 민이 얼마나 재산이 있는지 모를 걸요?]

[일상을 지켜주려다 오히려 상처를 입힌 건가.]

강민은 축제 때의 일이 떠올랐다.

그때 가족의 일상과 가족의 보다 나은 삶, 어느 쪽에 무게를 둘지 생각했었고, 아직은 일상에서 오는 행복감이 더 크다고 판단했기에 따로 움직이지 않았었다.

하지만 이렇게 단지 돈이 없어서 가족이 업신여김을 당하는 것은 다른 문제였다. 실제로는 없는 것이 아니었지만 주위에서 그렇게 생각한다는 것은 없는 것과 다름없다 할 수 있다.

일상은 괜찮겠지만 행여 재력을 지닌 이들과 엮이면 다시금 재력 때문에 무시 받을 것이 자명했다. 하지만 강민이 재력을 보이면 강민이 능력을 보이는 것과 다른 의미로 가족의 일상이 깨어질 가능성이 높았다.

[유리엘, 전에 말했듯이 힘을 좀 보여야겠어.]

[전엔 일단 보류한다고 하지 않았나요?]

[마나 능력을 보이는 것은 보류했지만 재력을 좀 보여야겠어. 일반세계에서는 재력이 오히려 마나 능력보다 더 큰 힘을 발휘 하니까 말야.

이능세계도 아닌 일반세계에서까지 굳이 능력을 숨겨서 이렇게 가족들이 업신여김을 당하게 하고 싶진 않아.]

  [민도 알죠? 모난 돌은 정 맞는 걸요. 일반세계라도 두드러져 보이면 기존의 기득권층을 건들 수 있을 테고 결국 마나 능력도 보여야 할지도 몰라요.]

  [그렇겠지. 하지만 이번 일이 아니라도 어차피 운신의 폭을 넓히기 위해서라도 조금 힘을 보일 필요는 있다는 생각이 들어서 말야.]

  [그렇다면야. 뭐. 그런데 어느 정도까지 보이려구요?]

  [딱히 한도를 정하진 않았어. 우선 어머니와 서영이하고 이야기를 해보려고.]

  마나 능력을 보이는 것은 이능 자체와 무관한 가족에게 말할 문제가 아니었지만, 재력을 보이는 것은 받아들여질 문제였기에 강민은 독단적으로 판단하기 보단 가족들의 의견을 물어보고 판단하고 싶었다.

  대신 자신이 얼마만큼의 재산이 있는지 정도는 어머니와 서영이가 알았으면 했다. 그래서 앞으로는 돈 때문에 무시 받을 일이 없었으면 했다.

  저녁이 되자 강서영도 어느 정도 진정했는지 저녁식사를 하러 식당으로 내려왔다.

  한미애는 친구와의 약속 때문에 자리를 비웠기에 강민,

유리엘, 강서영 세 명이서 저녁을 함께 하였다.

우느라 퉁퉁부은 얼굴이었지만 애써 괜찮다는 표정으로 앉아 있는 강서영이 강민은 안쓰러웠다.

유리엘의 말처럼 어차피 만났다 헤어졌다 하며 인간관계를 알아가는 것이라지만, 서로간의 마음이 식은 것도 아니고 드라마에서나 나오는 것처럼 돈이 없다는 이유로 부모가 반대해서 헤어진다면 강서영 스스로가 마음을 다치지 않았을까 염려스러웠다.

"서영아 괜찮아?"

"언니 괜찮아요. 한바탕 울고 났더니 상쾌해졌어요."

강서영이 애써 웃어 보이는 것을 보니 강민은 다시금 마음이 불편했다. 과거 여러 지인들을 만들기는 했지만 가족과는 다르다는 것을 새삼 느꼈다.

"수찬이하고 잘 안 된 거야?"

"네. 그렇게 됐어요. 헤헷."

"이유를 물어도 될까?"

"성격차이? 히힛… 연예인들이 성격차이 운운할 때 핑계 댈 것이 그것뿐이냐는 생각이었는데 저도 같은 말하네요. 그냥 안 맞는 부분이 있어서 그랬어요. 뭐 이제 만난지 두 달쯤 밖에 안됐으니 상처입고 그런 거 없으니까 걱정 안 해도 돼요. 언니."

유리엘과 강서영의 대화를 가만히 듣고 있던 강민은 강

서영에게 말했다.

"서영아. 혹시 전에 오빠가 했던 말 기억하니?"

"무슨 말?"

강서영은 강민이 한수찬과의 일을 물어볼까봐 살짝 긴장했다가 과거의 일을 물어보니 긴장이 풀리며 반문했다.

"과외 그만두게 하면서 했던 말, 말이야. 네가 진정하고 싶은 일이 무언지 생각해보라고 했잖아."

"아. 그 말…. 아직 확실히 구체화시켜서 생각한 적은 없는데. 지금 당장 이야기 해야하는 거야?"

"그런 건 아니지만. 오빠가 돈 신경 쓰지 말라고 했던 이야기를 네가 혹시 너무 좁게 생각할까봐 다시 한 번 말해주고 싶어서."

"먹고 살 걱정 말고 하고 싶은 거 하라는 말 아녔어?"

"아니야."

"그럼?"

"오빠는 국내에 존재하는 모든 회사를 다 사고도 남을 만큼 돈이 있으니까 얼마의 돈이 들던지 돈에 구애 받지 말고 하고 싶은 거 하라는 이야기야."

"뭐?!"

가진 귀금속이 현금화 된다면 강민은 세계 전체를 쥐락펴락 할 수 있겠지만 그렇게까지 이야기하지는 않았다. 사실 지금 말한 금액만 하더라도 천문학적인 금액이다. 지금 말한 금액만 하더라도 세계부자의 1위부터 10위까지의 부를 합친 것 보다 많았으며 중동의 유력 석유 가문의 재력보다도 많은 돈이었다.

강서영은 강민의 발언에 계산이 안 되는지 잠깐 말을 잇지 못했다. 서민에 가까운 삶을 살아왔던 강서영은 지금 강민이 말하는 돈이 얼마만큼의 돈인지 상상도 가지 않았다.

"우리나라 회사 전체를 산다고? 그… 그게 가능한 일이야?"

"그래. 충분히 가능하지."

강서영은 그래도 안 믿긴다는 듯 유리엘을 바라보았다. 강서영의 시선을 받은 유리엘은 가볍게 고개를 끄덕이며 강민의 말이 맞다는 것을 인정하였다.

"어… 어떻게… 그런 돈을……."

"어떻게 갖게 되었냐는 불필요한 이야기지. 아. 기준에 맞지 않는 불의한 돈은 아니니 걱정 말고. 이 돈을 앞으로 어떻게 쓰냐가 중요한 것이지. 지금까지 오빠는 너랑 어머니가 돈 걱정 없이 편하게 살길 바랬어. 하지만 생각해보니 단순히 돈 걱정 없이 산다는 것은 너무 좁은 생각 같아서 말야. 난 너랑 어머니가 돈 걱정 없는 것을 넘어서 돈에 구애받지 않고 스스로가 하고 싶은 일을 하길 원해."

강민은 굳이 한수찬의 일을 언급하진 않았다. 강서영의 표정을 보니 나름 홀가분하게 털어낸 느낌이었기 때문이었다.

강서영의 말대로 고작 두 달 만났는데 한수찬 어머니의 그런 행태까지 넘어갈 애정이 형성되었다는 생각은 들지 않았다. 그리고 유리엘의 말마따나 만나고 헤어짐을 반복하면서 점점 올바른 사람을 구별할 수 있는 역량을 갖추고 인간관계에 성숙해져 갈 것이다.

지금 한수찬 어머니의 행태를 보면 강민이, 아니 강서영이 재력을 보이면 어떤 태도로 나올지 추측도 갔다. 자존심이 있다면 속으로 아까워만 하고 어쩔 수 없다고 생각할 테지만 그것마저 없다면 다시 들러붙으려 할 것이다. 만일 들러붙으려 한다면 자신의 말처럼 구질구질한 상황이 되겠지만 말이다.

강서영은 강민의 말에 잠시 생각에 잠겼고 강민은 그런 강서영을 부드러운 눈으로 바라보았다. 강서영의 생각이 길어지자 강민이 하나의 제안을 했다.

"서영아. 아직은 돈의 규모도 감이 안 올것 같고 그 돈을 어떻게 써야할지는 더더욱 모르겠지. 그래서 오빠가 우선 생각한 방법이 있는데 말야."

"어떤 방법?"

"전부터 네가 경제적으로 힘든 사람들을 도와주려고 한 것을 알아. 과외 그만두고 나서는 일주일에 두 번씩 산동네에 야학도 나간다며?"

"알고 있었어?"

"내 동생 일인데 내가 모르면 안 되지. 하하."

"민, 남자친구 있는지도 한동안 몰라놓고 너무 자신만 만한 거 아니에요?"

확실히 그 부분에는 둔감했던 강민은 유리엘의 핀잔에 머리를 긁적였다.

"여튼, 오빠가 우선 네 이름으로 재단을 만들어줄게. 일 단 10조원 정도 출연할 생각이야. 계속 사업을 원칙으로 해야 할 거니 여기서 나오는 이자를 가지고 네가 원하는 어려운 사람들을 돕는 일을 생각해봐."

"10조원?"

강민의 말 한마디 한마디 마다 강서영은 놀랄 수밖에 없었다. 도무지 상상이 안가는 금액들이었기 때문이었다.

"10조원이면 적극적으로 투자를 벌이지 않는다 하더라도 단순 이자수익으로만 연간 2천억 이상씩은 생길 거야. 서영이 네가 사업을 벌이는 규모에 따라 추가 출연 할 수 있으니 아까 말 한대로 돈 생각하지 말고 하고 싶었던 일을 해봐. 어차피 지금 더 큰 금액을 말해봤자 사용도 못할 것 같으니 일단은 이정도로 시작해보자."

아무말 없이 강민을 바라만 보고 있는 강서영을 향해 강민은 말을 이었다.

"구체적으로 말해보면 일단 네가 하는 야학을 위한 공간을 마련할 수도 있을 것이고, 거기에 좋은 선생들을 고용할 수도 있겠지. 아무래도 규모가 커지면 자원봉사자만으로 운용하기는 힘들 테니까. 좀 더 생각해보면, 공부에는 열의가 있지만 형편이 안 되어서 공부를 할 수 없는 학생들을 위한 장학금을 마련할 수도 있을 것이고, 더 크게 생각하면 고등학교나 대학교를 설립할 수도 있겠지. 대학 설립은 2천억으로는 부족할 테니 계획만 생기면 내가 추가 자금은 출연해 줄게."

강서영은 야학을 위한 공간에서는 고개를 끄덕였으나 대학의 설립까지 나아가자 입을 다물지 못하였다.

한참을 계획에 대해서 이야기 하다가 강민은 대화의 흐름과 관계없는 질문을 하였다.

"서영이 넌 밖으로 드러나고 싶어 아니면 평범히 살고 싶어?"

"갑자기 무슨 말이야?"

"네 이름으로 재단을 만들어서 복지정책을 펼치면 네 이름이 세상에 알려질 거야. 그렇게 되면 네 이름은 어느 유명 연예인에 못지않게 되겠지. 어떻게 보면 일상생활은 사라질 수도 있어. 너도 유명 연예인들을 봐서 알겠지만 일상이 없이 공개되는 삶은 상당히 피곤할거야. 물론 연예인보다는 덜하겠지만 어린나이에 그정도 재단을 운영한다는 것은 상당히 이슈가 될 만한 일이지."

강민의 말에 강서영은 고개를 끄덕였고 강민은 말을 이었다.

"만약 네가 그렇게 싫다면 표면에서 네 이름은 감추고 재단을 컨트롤 하게 해줄 수도 있어. 어떤 선택을 하든 그건 네게 맡길게. 다만 이건 알아줘. 어떤 경우에도 네가 무시 받을 일이 생기는 것은 오빠가 싫다. 네가 구체적으로 말은 안했지만 대강만 생각해봐도 남자친구의 어머니를 만나고 남자친구와 헤어졌다면 좋은 상황으로 헤어진 것은 아니겠지. 어쩌면 아버지가 없다는 이유로 무시를 당했을지도 몰라."

강민은 굳이 강서영의 상황을 살펴서 알게 되었다는 말은 하지 않았다. 어차피 강민의 말처럼 조금만 추측 해봐도 좋은 상황으로 헤어진 것이 아님은 자명하지 않은가.

"그… 그건…."

"어차피 헤어진 마당이니 굳이 지난 일을 왈가왈부하고 싶은 않은데. 오빠는 혹시나 앞으로 네가 살면서 이런 일이 반복되지 않았으면 해. 오빠가 그동안 가만히 있다가 지금 이렇게 나서려는 이유가 여기에 있어. 어머니가, 네가 세상에서 무시당할 일을 만들기 싫어서야. 여기서 재력을 가진다는 것은 그런 일을 가능하게 해줄테니 말이야.

그동안은 일상을 지켜주는 것이 더 중요하다고 생각했
는데 그것만으로 충분하지 않은 것 같아서 말야."

"오빠…."

강민의 말에 강서영은 마음속 깊이 따스함을 느꼈다. 강
민이 이렇게 나서는 이유를 이제야 알 수 있었기 때문이었
다.

자신이 밖에서 무시당한다고 생각했기에 자신이 당당할
수 있는 힘을 주기 위해서 이런 일들을 벌이려고 하는 것
이었다.

"일단 이름을 드러내는 문제는 좀 더 생각해봐. 전면적
으로 드러내는 것이 껄끄러우면 유력 기득권층에게만 드
러내는 방법도 있으니 유동적으로 생각해 보고. 여튼 아까
오빠가 말한 것들 조만간 준비가 되면 다시 말해줄게. 그
리고 앞으로는 좀 제대로 된 놈 만나고."

콩~

말을 마친 강민은 강서영의 머리를 가볍게 쥐어박고서
는 자리에서 일어났다. 강서영은 강민의 말을 생각하는지
한참 동안 식탁에서 일어나지 못하고 멍하게 있었다.

너무 엄청난 이야기를 연이어 들은 강서영은 한수찬
과의 이별로 상처를 받았던 사실은 생각조차 나지 않았
다.

강서영에게 말을 마친 강민과 유리엘은 2층 방으로 올라왔다.

　　"민, 일단 금만 일부 현금화 시킬 거죠?"

　　"그렇지. 다른 귀금속들은 시간이 오래 걸릴 테니 말야."

　　"드워프제 세공품들을 꺼내면 다들 놀랄 텐데. 여기서는 단지 크기만 한 다이아몬드조차 값어치를 매길 수 없다고 하니 이 세상에 없는 레인보우 다이아몬드나, 다크니스 오팔 같은 것을 꺼내면 다들 돈을 싸들고 덤벼들겠어요. 호호."

　　"그런 것들은 일일이 찾아서 매수자 구하는 것이 더 번거롭잖아. 이번 기회에 이능세계의 공무원이라는 유니온의 힘을 한번 봐야지."

　　말을 마친 강민이 휴대전화로 김세훈 지부장에게 직접 연결했다. 아무래도 일개 담당인 김창수가 처리하기에는 금액이 너무 크다 판단했기 때문이었다.

　　[강민씨? 오랜만입니다.]

　　"김 지부장님. 별고 없으셨지요?"

　　[무슨 일로 전화를 다 주셨습니까?]

　　"다름이 아니라 부탁을 좀 드리고 싶은데요?"

[부탁이라면?]

"금 좀 팔고 싶어서요."

[하하. 일반 귀금속 상가에 팔긴 많은 양인가보죠? 저희
한테 연락을 주시다니 말입니다.]

"네, 좀 많지요."

[많다고 하는 것 보니 백킬로그램이 넘는 것 같은데 그
정도면 밑에 직원 연결해드리겠습니다. 허허.]

"그것보다 많습니다. 그러니 지부장님께 직접 연락드렸
죠."

[허. 그래요? 대체 얼마나 되길래 그러십니까?]

"일단, 삼천톤 정도 팔려고 합니다."

[삼천킬로면… 삼톤 정도인데… 음….]

"삼천 킬로그램이 아니라 삼천 톤입니다."

[삼천톤요?]

"네, 삼천톤요. 좀 많지요. 제가 유니온의 '역량'을 판단
해볼 수 있는 상황이군요."

[흡… 저희 역량이라면….]

"이능계의 공무원과 같다고 호언장담하시더니 이 정도
도 처리 못한다면 실망스럽지요. 삼천톤의 금이 적은 양은
아닙니다만 처리 못할 양도 아니지 않습니까?"

[그… 그건… 그렇지만…]

3천톤의 금은 100조원이 넘은 돈이었기에 한국지부에

서 단독으로 처리하기는 힘들만한 양일 것이다. 한국 정부
의 금 보유량이 100톤이 안 되는 상황에서 3천톤의 금은
국가적으로도 한 번에 처리하기 힘든 양임에는 분명했다.

3천톤의 금은 현재 세계 금보유량 2위인 독일의 금보유
량과 맞먹는 정도였고 세계 1위의 금보유국 미국의 금보유
량의 1/3이 넘는 분량이었다.

하지만 이것은 표면적인 이야기였다. 강민이 자신있게
유니온에 금 거래를 말한 건 마나기반 문명에서는 언제나
금은 가장 활용도 높은 금속이었고 가장 가치 있는 금속이
었기 때문이었다.

드물게 마나에서 태어난 진은이나 진금을 제외하고는
순금이 마나전도율이 가장 높았기에 마나기반 장비에는
대부분 금이 들어갔다. 그렇기에 마나 문명이 있는 곳에서
는 어디에서나 금은 높은 가치를 가지고 있었고, 많은 양
을 한번에 풀더라도 큰 가치 하락없이 팔리는 물건이었다.
따라서 유니온이 충분히 이 정도의 금을 소화할 수 있다고
생각했다.

또한 분량이 아니라 단지 돈의 액수로 들어간다면 유니
온 전체에서 100조원의 돈은 그렇게 무리가 되는 돈은 아
니었다. 유니온은 한해 예산이 1천조원이 넘는 거대 집단
으로 예산의 10% 정도면 큰 금액이긴 하지만 불가능한 금
액은 아니었다.

전 세계 국가 중 독보적인 1위 국가인 미국의 한 해 예산이 한화로 약 3천8백조원인데, 유니온의 한해 예산은 그에는 미치지 못하더라도 한 해 예산 약 1천조원 정도인 중국이나 일본의 국가 총 예산보다도 큰 엄청난 금액이었다. 한국의 한해 예산이 400조가 안 되는 상황이니 그 금액의 규모를 짐작할 수 있을 것이다.

　오히려 유니온의 소속 멤버 수나 직원 수에 비할 때 인당 예산은 미국의 몇 십배를 초월하는 금액이었다. 그렇기에 그 예산은 너무 과도하다고 해도 과언이 아닌 금액이었는데, 이것만 보아도 유니온의 힘을 알 수 있었다.

　강민은 이런 유니온의 예산 상황 등은 자세히 알지는 못했지만 이면 세계를 장악하고 있는 집단이 그 정도 역량조차 안 될 것이라고 생각하지는 않았다.

　'안 된다면 그건 조직의 역량이 아니라 개인의 역량이 그에 미치지 못하는 것이겠지.'

　이정도도 처리하지 못한다면 한국 지부장이라는 위치가 유니온에서 가지고 있는 파워가 그만큼 약하다는 증거로 볼 수도 있을 것이다.

　"대량 매수하는 것이니 유니온에서도 리스크가 있겠지요. 현재 킬로그램당 금 시세가 대략 4,800만원 정도인데 깔끔하게 킬로그램당 4천만원으로 해드리지요. 삼천톤이면 120조원이겠군요. 그렇게 받지는 못하겠지만 만약 바로 매도한다고 단순 계산해도 24조가 넘는 수익이니 윗선에서도 반대할 명분은 없다 생각합니다. 대신 회수 대금은 원화로 해주시고, 16%나 할인해서 판매하는 거니까 한국정부에 대한 세금문제나 자금 출처 증빙문제는 그 쪽에서 해결해 주시기 바랍니다. 괜한 문제 일으키긴 싫군요."

유니온의 능력이라면 세금이나 출처 따위의 사안은 큰 문제없이 해결하리라 생각했기에 강민은 당연한 요구를 하듯이 김세훈 지부장에게 말했다.

[아… 예….]

"일단은 알아보셔야 할 테니 일주일 정도 시간을 드리지요. 그 전에라도 해결이 된다면 연락 주십시오. 제가 그리로 방문하도록 하지요."

[예… 그러시죠….]

"그리고 능력의 급과 관계없이 믿고 쓸만한 사람 서너 명이 필요한데 알아봐 주실 수 있겠습니까? 유니온도 어차피 직원이 모자라다 하니 유니온 직원은 안 될 것 같고, 무소속 유니온 멤버 중에서 믿을 만한 사람이 있으면 추천 바랍니다. 전투 능력은 관계없고 업무능력이 좋은 쪽이면 좋겠네요. 아, 급여는 최고 수준으로 맞춰준다고 해주십시오."

[사람을 구하신다고요?]

"네. 조그만 사업을 시작해보려고 합니다."

강민의 일방적 페이스에 말린 김세훈 지부장은 제대로 된 대꾸도 하지 못하고 예예 거리다가 전화를 끊고 말았다.

❖

강민이 말한 일주일이 되기 하루 전이었다. 강민의 휴대전화에 김세훈 지부장의 이름이 떴다.

"여보세요? 지부장님 1주일은 넘기지 않으셨군요. 말씀 드렸던 거래에는 문제 없는지요?"

[아. 네. 본부의 승인을 받았습니다. 그런데 3천톤의 금을 어디에서 보관하고 계신가요? 저희가 찾으러 가야하지 않겠습니까?]

"그건 걱정 마시고 공간만 마련해 주십시오. 저희가 그 공간에 채워드리겠습니다."

[어떻게…?]

"그런 것까지 말씀드릴 필요는 없을 것 같네요. 여튼 거래가 성사된 것 같으니 오늘 중으로 방문하겠습니다. 말씀 드렸다시피 금을 쌓을 공간은 준비해주세요. 이왕이면 무게를 측정할 수 있는 방법도 같이 강구해주셨으면 좋겠네요. 무게 재는 것을 기다리고 싶지 않으니 말이죠."

[네. 오후 세시까지 본부로 오시면 되겠습니다. 전용 엘리베이터에 멤버쉽카드를 접촉하시면 알아서 본부 응접실로 모실 겁니다.]

"알겠습니다. 그 때 뵙지요."

강민과 유리엘은 오랜만에 유니온 한국지부에 모습을 드러냈다.

[민, 예전보다 이능력자의 질이나 양이나 더 늘어난 것 같은데요?]

[아마 우리가 금을 어떻게 가져오는지 궁금한 유니온 본부에서 나왔겠지.]

둘은 말은 안했지만 알고 있었다. 지킬 힘이 없는 재산은 그 아무리 많아도 자신의 재산이라 할 수 없다는 것을.

과거에도 편히 쉬기 위해서 별다른 무력을 보이지 않았던 차원에서는 재력을 보이는 순간 그 재산을 노린 많은 공격이 들어왔다. 결국 재력은 무력과 함께 하는 순간만이 자신의 것이라 할 수 있었다.

[검기 정도는 발현해야 납득 하려나요?]

[여태껏 파악한 여기 마나 문명 수준에서 검강까지 보인다면 오히려 두려워하고 뒤에선 공공의 적이 될지도 모르지. 그렇게 된다면 너무 귀찮을 것 같으니 여기서 말하는 S급 수준 정도인 검기까지가 딱 좋을 것 같아.]

응접실로 내려가자 김세훈 지부장이 검은 정장을 입고

흰머리를 정갈하게 뒤로 넘긴 노년의 백인과 함께 강민과 유리엘을 맞았다. 백인 노인은 노인이라 하기엔 정정한 느낌이었는데 풍겨지는 분위기가 한창 때의 장년이라고 해도 과언이 아닐 정도였다.

"강민님, 김유리님 환영합니다. 오랜만이시네요."

"네. 지부장님도 잘 계셨나요?"

"별일 없었는데 강민님 덕분에 요 며칠 바빴네요. 하하하."

"그래도 생각보다 빠른 시간에 연락을 주셨네요."

"'역량'을 본다고 하시는데 소홀히 할 수 있겠습니까? 허허."

"그런데 여기 이 분은?"

"아. 소개드리겠습니다. 이분은 유니온의 부총재이신 벤자민 그린님이십니다."

한국어를 알고 있는지 벤자민 그린은 김세훈의 소개에 반발 앞으로 나와 말을 했다.

"반갑습니다. 말로만 듣던 한국 지부의 A+ 랭크 유니온 멤버분들을 만나게 되어서 영광입니다."

역시 한국어를 유창하게 말하며 벤자민은 자신을 소개했다.

"네 그린님. 저도 유니온 고위층 인사는 처음 뵙는군요."

강민은 벤자민 그린의 강대한 마나가 중단전을 중심으

로 움직이는 것보고 마법계통의 이능력자임을 알아차렸
다.

"허허. 벤자민이라 불러주세요."

벤자민은 강민에게 악수를 청했고 강민이 그 손을 잡자
마자 벤자민의 강대한 중단전의 마나가 급격히 회전하며
힘을 드러내기 시작했다.

하지만 벤자민의 강대한 마나는 그 뜻을 이루지 못하였
다. 벤자민의 마나 발현을 눈치 챈 강민이 마나 발현 자체
를 막아버렸기 때문이었다.

"어… 어떻게…."

어안이 벙벙한 벤자민을 향해서 강민이 웃으며 말했다.
마법을 막은 것이 아니라 마나 발현자체를 막은 것이라 벤
자민은 놀랄 수밖에 없었다.

"연세도 있으신 분이 이런 장난을 치시면 안 되시죠. 처
음이라 그냥 넘어가겠습니다. 벤자민."

말을 마친 강민은 순간적으로 강대한 존재감을 드러냈
다.

화~~악~!

강민의 존재감 발현에 유리엘을 제외한 근처의 모든 사
람들이 두 세발자국씩 뒤로 물러났다.

8장. 황금

NEO MODERN FANTASY STORY & ADVENTURE

현세귀환록

8장. 황금

강민의 존재감 발현은 길지 않았다. 이내 평상시처럼 존재감을 거둔 강민은 그의 존재감에 놀라고 있는 좌중을 향해 말을 이었다.

"그럼 금을 받으실 장소로 옮기시죠."

"예… 예…."

부총재와 함께 있어 자신감에 차 있던 김세훈 지부장의 말투가 며칠 전 강민의 페이스에 말린 목소리로 돌아갔다.

[민, 굳이 검기를 보일 필요도 없겠어요.]

[그래, 어차피 힘을 보여주려 했는데 때마침 잘되었지 뭐. 벤자민이라는 자도 A급은 되어 보이고 이 정도 기세를 봤으니 앞으로 조심하겠지.]

벤자민 부총재의 시험에 대한 대응으로 존재감을 발휘하였기에 검기를 발현하는 등의 별다른 시위가 필요 없을 것 같다는 생각을 하며 강민은 유리엘과 심어를 나눴다.

잠시 얼어있던 김세훈 지부장은 이내 정신을 차리고 강민과 유리엘이 타고 온 엘리베이터의 키패드를 열고 조작하더니 자신의 손바닥을 대고 마나를 불어넣었다.

강민, 유리엘, 김세훈 지부장과 벤자민 부총재까지 네 명을 태운 엘리베이터는 한참을 밑으로 내려가다 멈추었다.

엘리베이터의 열린 문으로는 축구장 열 개를 합친 부지보다 넓은 공터가 자리하고 있었는데 공터에는 마법적으로 밝혀놓았는지 전등이 없이도 대낮처럼 환하여 지하임을 느끼지 못하도록 되어 있었다.

남산의 지하에 이런 공터가 있을 리가 없었다. 아마 마법적인 조치가 들어갔으리라.

아니나 다를까 유리엘이 심어로 강민에게 말을 건넸다.

[공간 왜곡 마법이 시현되어 있네요. 마나 흐름을 보니 정말 깔끔한데요? 마법진을 동원했다고 하지만 이정도 수준이면 6서클은 족히 되겠어요.]

공터에 들어선 김세훈은 전방을 향해 손을 펼치며 강민에게 말했다.

"여기에 금을 놓아주시면, 확인되는 대로 유니온 카드

와 연계된 통장에서 120조를 언제든 인출할 수 있게 조치하겠습니다."

"그러시죠. 유리 부탁해."

[민, 아공간 사용을 보여도 되겠어요?]

[어차피 힘을 보이려고 했잖아. 굳이 마법의 사용이 가능하다는 것도 숨길 필요는 없겠지.]

강민의 말에 유리엘이 고개를 끄덕이고 손가락을 튕겼다. 유리엘의 손짓에 거대한 마나유동이 발생하더니 밝은 공터 가운데 커다란 검은 홀이 생겨났다.

파지직~!

여기에 펼쳐진 마법과 유리엘의 아공간이 부딪혀서 그런지 마나 충돌에 따른 스파크가 발생하여 약한 소음을 냈다. 그러나 그 시간은 길지 않았다. 그 검은 홀은 나타남과 거의 동시에 이내 사라졌기 때문이었다.

하지만 그 검은 홀은 그냥 나타났다 사라진 것은 아니었고 검은 홀이 사라진 곳에는 엄청난 양의 금괴가 누런 빛 광채를 빛내며 존재하고 있었다.

김세훈 지부장과 벤자민 부총재는 이런 모습을 보고 깜짝 놀랄 수 밖에 없었다.

둘이 놀란 이유는 각각 달랐는데 김세훈 지부장은 그간 무투형 능력자로 생각한 유리엘이 마법을 사용한 것에 대해서 놀랐다.

반면 벤자민 부총재의 놀라움은 더욱 컸는데 경악한 표정으로 띄엄띄엄 말을 이었다.

"아니. 공간왜곡이 펼쳐진 상태에서… 어떻게 물질 전송을… 그렇다면 좌표가 맞지 않을 텐데… 어떻게…. 아니… 이건 물질 전송의 마나 흐름이 아닌데……."

한동안 중얼거리며 마나의 흔적을 더듬던 벤자민 부총재는 더욱 놀란 듯 눈을 크게 뜨며 외치듯 말했다.

"아공간! 이 흔적은 아공간의 발현! 헉… 이 정도 규모로 아공간을 만들어내다니…."

그 스스로도 아공간을 가지고 있지만 기껏해야 차량 하나 들어갈 정도의 크기를 유지할 뿐이었다. 더 크게 아공간을 유지하기 위해서는 약간의 공간을 늘이는 데도 엄청난 양의 마나를 사용하여 허차원에 자신의 영역을 구축하여야 하기 때문에 들이는 노력에 비해서 얻을 수 있는 것이 너무 적었다.

하물며 방금 유리엘이 연 아공간의 크기는 어느 정도의 마나가 소모될지 상상도 가지 않았다.

아공간 자체는 3서클의 마법이었지만 그 규모를 결정하는 것은 마나량의 차이이니 유리엘이 방금 오픈한 아공간의 규모는 자신과 비슷한 수준의 마법사 수십 명이 함께해도 가능할지 의문이 드는 엄청난 규모였다. 아공간의 크기는 크면 클수록 더 키우기가 힘들었으니 말이다.

사실 아공간의 마법은 차원마다 그 활용도와 규모가 달랐다. 원차원과 허차원간의 차원막의 두께에 따라서 아공간을 확보하는데 사용되는 마나량이 달랐는데 태생적으로 아공간을 열 수 있었던 유리엘은 이 세계의 마법사들이 얼마나 어렵게 아공간을 생성하는지 모르고 있었다.

더군다나 이전 차원에 있던 마법사들은 이 정도는 아니었지만 어느 정도 대규모 아공간을 자유자재로 활용하였기에 강민과 유리엘은 이 정도 규모의 아공간을 오픈하는 것에 대한 벤자민의 경악을 눈치채지 못했다. 단지 김세훈 지부장과 같이 무투형 능력자라고 생각했던 유리엘이 마법을 쓰는 것에 대한 놀라움을 표시한 것 정도로 이해하였다.

벤자민 부총재는 말을 잇지 못하고 생각에 잠겼다.

'어떤 방법으로 마법을 수련했는지는 모르겠지만 그 메르딘이라도 이정도 아공간은 불가능할 것이야. 전설의 칼로파라면 몰라도…그럼 어떻게… 저런 아공간을……'

벤자민은 한참동안 생각을 이어나갔다.

'아, 그렇지! 저 황금! 혹시 과거에 사라진 연금의 일족인가…. 그래! 연금의 일족은 아공간을 자유로이 다뤘지. 그렇군. 그래 저자들은 연금의 일족이거나 그들의 유산을 얻었군. 그렇기에 저렇게 아공간을 다루면서 정도 규모의 황금이 나올 수 있었군! 그게 아니라면 저 아공간은 설명이 불가능하지 총재님께 보고해야할 사항이 하나 더 늘었는데. 연금의 일족이 출현하다니… 음… 위원회에는 알리면 안 되겠군.'

벤자민 부총재는 한참을 잘못 짚고 있었지만, 강민과 유리엘은 알 수 없었다. 사실 유리엘의 아공간은 일반 마법사들이 생각하는 아공간과 달랐다. 단순 마나기반의 마법적인 아공간이라면 차원이동시마다 리셋 되어버렸을 것이다.

하지만 유리엘의 아공간은 그녀의 영혼과 함께하는 특수한 아공간이였기에 그녀의 영혼이 존재하는 한 어디서든 그녀와 함께 하는 무한의 공간이었다. 벤자민이 생각하는 연금의 일족의 방식과는 전혀 다른 방식이었다.

"이동시키기 편하게 금괴 형태로 된 것들만 준비했어요."

"고마워 유리엘."

강민과 유리엘의 대화에 김세훈 지부장이 놀라서 물었다.

"그…그럼… 이것보다 더 많은 금이 있다는 것입니까?"

"그렇습니다. 나중에 더 필요하다면 또 연락드리지요. 혹시 더 이상 처분할 '역량'은 안 되시나요?"

강민의 말에 김세훈 지부장은 벤자민 부총재를 바라보았다.

김세훈 지부장의 눈길을 받은 벤자민 부총재는 아공간에 놀랐던 마음을 가라앉히고 대답했다.

"아닙니다. 유니온의 힘은 이정도가 아니지요. 시간이 다소 걸리긴 하겠지만 이것보다 많은 양도 얼마든지 처리가 가능합니다."

어차피 유니온의 주요 수입원은 마나 물품의 판매였고 지금 유리엘이 꺼낸 금도 시장에 매각할 것이 아니라 대부분 마나물품을 생산하는데 원재료로서 사용될 것이다.

최근 이계의 마수들이 출현하는 빈도가 10년 전보다 급증한 상태라 마나물품에 대한 수요도 급등하였기에 그에 발맞추어 금의 사용량도 상당히 늘어났다.

사실 최근 몇 년간 금의 가격이 계속 고공행진을 한 것에는 마나물품의 소비가 주요 이유 중의 하나였다.

"벤자민님의 말씀만 믿겠습니다. 조만간에 더 뵐 수 있을지도 모르겠군요. 거래는 완료 된 것인가요?"

"아 잠시만 기다려 주십시오."

벤자민은 공간왜곡이 걸린 공간을 향해 마나를 집중했다. 잠시 마나의 반응을 느끼던 그는 이내 고개를 끄덕이며 강민에게 말했다.

"순금 삼천톤 확인했습니다."

말을 마친 벤자민은 간단한 수인을 맺으며 주문을 외웠다.

벤자민의 주문과 함께 거대한 공간이 점점 줄어들더니 금과 함께 사그라져 없어졌고 남아있는 공간은 축구장 하나 정도 크기밖에 되지 않았다.

[공간왜곡의 기초에 텔레포트를 깔아놨군요. 고정 좌표 방식이니 이 방식으로는 생명체를 이동시키지는 못하겠지만 여기의 마법 수준도 무시할 만한 수준은 아니네요.]

[그래. 마나의 흐름이 정제되어 있는 것이 꽤나 오래전부터 마법이 존재 하였던 것 같아.]

마법을 마친 벤자민이 강민에게 말했다.

"거래는 완료되었습니다. 강민님 명의의 유니온 계좌에서 언제든지 120조 인출이나 이체 가능하실 겁니다. 이체는 몰라도 백억단위 이상을 인출 하시려면 저희 유니온 뱅크로 가시는 것이 번거로움이 없을 겁니다. 저희는 지점별로 공간이동 마법이 있으니 일시 출금하셔도 문제가 없을 테지만 일반은행은 그렇지 않거든요. 하긴 어차피 현금을 출금하실 일은 없으실 것 같군요. 허허."

"그렇군요. 좋은 거래 감사합니다. 그럼 이만 올라가시지요."

황금의 거래를 마치고 올라가는 엘리베이터 안에서 강민은 김세훈 지부장에게 전에 요청했던 사람을 구하는 일의 진행에 대해서 물어봤다.

"혹시 말씀드렸던 사람들은 구해졌나요?"

"네 사람정도 추려놨습니다. 올라가면 아마 기다리고 있을 겁니다."

"그래요? 어떤 사람들인가요?"

"제가 말씀드리는 것보다 보시고 판단하는게 나을 것 같네요. 괜한 선입견이 생기면 안 되지 않겠습니까? 허허허."

강민과 김세훈이 이야기 하는 동안 엘리베이터는 아까 응접실에 도착하였다.

응접실에 도착하자 김세훈 지부장은 대기하고 있는 직원에게 요청한 사람들이 도착했는지 물었고 직원은 옆 대기실에 대기하고 있음을 알렸다. 직원의 말을 들은 김세훈은 벤자민과 일행에게 말했다.

"부총재님, 잠시 제 방에서 쉬고 계십시오. 저는 강민님과 남은 일이 있어서요."

"그러시죠. 그럼 강민님 오늘 반가웠습니다. 그리고 좋은 거래 감사합니다."

"저도 깔끔한 거래가 된 것 같아서 기분이 좋군요. 앞으로도 좋은 거래 했으면 좋겠습니다."

"네. 앞으로도 이런 기회가 있다면 얼마든지 우리 유니온에게 연락을 주세요. 그리고 유리님도 안녕히 들어가시길."

벤자민의 인사에 유리엘은 고개를 숙여 답을 했고 벤자

민은 오른손을 배에 올리고 정중히 강민과 유리엘에게 인사를 하고 김세훈 지부장의 방으로 들어갔다.

벤자민이 들어간 후 강민은 김세훈과 함께 응접실 옆 대기실로 들어갔다. 그곳에는 면접을 보는 것과 같이 긴 테이블이 있었고 테이블 뒤에는 네 명의 사람들이 약간 긴장한 모습으로 앉아 있었다.

"여기 이 사람들의 프로필입니다."

김세훈이 건네준 프로필에는 이름 신체사이즈 경력 등등의 정보가 적혀 있었지만·강민은 프로필에는 신경도 쓰지 않았다.

[유리엘, 역시 그렇지?]

[네. 그러네요. 약간씩 차이는 있어 보이지만 이들이 보이는 마나성향은 전형적인 스파이네요.]

마나의 성향을 알아볼 수 있는 강민과 유리엘은 오랜 경험을 통해서 마나의 성향에 따른 사람의 성향 또한 개략적으로 파악할 수 있었다.

지금 김세훈 지부장이 선보인 4명은 마나 성향은 과거에 많이 보아왔던 전형적인 스파이의 마나 성향이었다. 이런 상황이니 프로필은 더 볼 필요도 없었다.

일단 강민은 김세훈 지부장에게 저 네 명을 내보내 달라고 요청했다. 네 명의 스파이가 나가고 강민은 김세훈에게 말을 건넸다.

"지부장님. 제가 나이가 어려보이지만 사람을 '볼' 줄 압니다. 저 사람들은 아닌 것 같군요."

"아니 왜 그러시죠? 프로필을 보시면 알겠지만 우수한 인재들입니다. 유니온에서 같이 일하자고 해도 거부한 인재들인데 최고대우를 약속한 강민님의 말을 듣고 여기까지 왔지요.

무슨 사유로 아니라고 하는지요? 아까 보니 프로필을 제대로 살피시지도 않는 것 같던데…"

"말씀드렸다 시피 제가 사람을 '볼' 줄 압니다. 저는 능력보다 믿을만한 사람을 원합니다. 제 사람은 제 말을 듣고 움직여야지 제가 고용했지만 다른 사람을 위해서 일하는 모습은 보기 싫군요."

"무슨 말씀이십니까?"

강민은 김세훈 지부장에 말에 터 이상 대답하지 않고 그를 가만히 바라보기만 하였다. 처음에는 어리둥절한 김세훈은 강민의 무언의 압박에 깨닫고 말았다.

'혁… 알아차린건가… 아니 어떻게….'

김세훈의 표정에 강민은 더 이상 말을 할 필요가 없다는 것을 알았다. 어차피 사람이 꼭 필요한 것도 아니었으니 천천히 생각하기로 했다.

"그럼 다음에 뵙겠습니다."

모두가 자리를 떠나고 김세훈 지부장은 벤자민 부총재가

기다리는 자신의 방으로 들어갔다. 벤자민은 김세훈의 자리에서 의자를 돌려 뒤통수가 보이게 앉아있었는데 김세훈이 들어오자 천천히 의자를 바로하며 말했다.

"김 지부장. 사람을 심는 것은 어떻게 되었나? 몇 명이나 선택되었지?"

"한 명도 선택받지 못했습니다."

"음? 왜 그런가? 나름 우수 인재들이라 하지 않았나?"

"우리 쪽 사람인 것을 알아차린 것 같았습니다."

"그래? 그 쪽 계통으로 일류라 하지 않았나?"

"그랬는데 강민은 그걸 알아보는 능력이 있는 것 같더군요. 한눈에 알아차린 것 같았습니다."

김세훈의 이야기를 들은 벤자민은 잠시 생각하다 말을 이었다.

"음… 일단 사람을 심는 계획은 당분간 보류하게. 괜히 잠자는 사자의 콧털을 건들 필요는 없겠지."

"네. 부총재님."

"그리고 오늘 일. 위원회에 보고하는 것은 보류해두게. 본부차원에서 적절한 시기에 보고 하겠네."

"알겠습니다. 부총재님."

"혹시 위원회의 감사관이 나서서 이 사실을 알아차린다면 자네가 아는 사실을 밝히고 위원회에 보고하지 않은 것은 내가 지시했다고 해도 좋네."

"아니. 그렇게 까지…."

"아닐세. 자네 혼자 막기에는 사안이 너무 커."

"알겠습니다."

어차피 김세훈이 아는 것은 강민과 유리엘의 재력과, 유리엘이 마법을 사용한다는 사실 정도였다. 위원회의 감사관이 와서 사실을 파헤친다 할지라도 김세훈을 통해서는 그 이상 알기는 힘들었다.

'그 남자 적어도 S급이야… 어쩌면 S+급일지도… 그리고 연금의 일족이라.'

〈2권에서 계속〉